明智光秀の近世

―狂句作者は光秀をどう詠んだか―

綿抜豊昭著

目次

明智光秀の近世

―狂句作者は光秀をどう詠んだか―

はじめに

近代の短歌や俳句の雑誌をながめていますと、「詠史（えいし）」を時おり見かけます。現代の短歌や俳句には見かけないように思いますし、『俳文学大辞典　普及版』（平成二十年、角川学芸出版）には立項されていません。しかし、かつては歌人・俳人になじみ深かったようで、税所徳子『内外詠史哥集』（明治三十八年、松井総兵衛発行）や鴨田東皐『詠史句集』（昭和三年、榊原文盛堂）といった歌集・句集が編まれることもありました。どのようなものか『内外詠史哥集』から引きますと次のものがあります。

大伴家持　うみゆかは水つく屍とうからにもいひつぎゝたる大伴へかも　千浪
菅原道真　雷になりぬといふは濡きぬをかさねてかみにきするなりけり　花守
前田利家　いま川のあふるゝ水をせきとめてうゑし前田の秋そさひしき　敦子

最初は、『万葉集』で有名な大伴家持の長歌にある「うみゆかば」を詠みこんだものので、昭和十二年に発表された信時潔（のぶときkiよし）の歌曲「海行かば」もこの和歌を引いています。二首目は、天神になったことで有名な菅原道真の伝説をもとに詠まれたものです。三首目は、今川義元が織田信長を攻めたさいに、有名な戦国大名前田利家が活躍した話をふまえて詠んだもので、『絵本太閤記』には

今川の大軍、犬千代（前田利家）一人に切り崩され、右往左往に散乱す

とあります。辞典の中には「詠史」を

歴史上の事実を題材にして詩歌をよむこと。また、その詩歌。

と説明しているものもありますが、歴史上、実際にあった出来事や人物を詠むとは限らず、中には「伝説」や「伝説上の人物」を詠んでいるものもあります。

ところで、和歌や俳句では、題材の本質、つまり題材が本来備えている、もっともふさわしいと考えられる性質や意味、あり方のことを「本意」といって重要視することがあります。たとえば、桜の花は、咲くのを待ち、咲いたのを愛で、散るのを惜しむのが本意です。詠史にも本意があって、この人物ならこの事を詠むといったものがあります。また、当然ですが、ごく少数の人しか知らない歴史上の出来事や人物は詠

まれません。そもそも詠史は自己完結する、つまり自分だけが楽しむものではなく、人に見せ、さらにコミュニケーションを成立させられなくてはいけないものですから、共有される歴史の知識があってこそ成り立ちます。こうした性格のものですから、過去に詠まれた詠史でどのように詠まれているかを追っていくことは、共有されたイメージ等を理解していくことでもあります。このイメージ等は、当時の人々の歴史観等を知る上で欠くことができないと思っています。

詠史にとりあげられた歴史上の出来事や人物は少なくありません。詠史をまとめて解説をほどこした近年の出版物に、阿部達二『江戸川柳で読む平家物語』（平成十二年、文春新書121）、小栗清吾『江戸川柳 おもしろ偉人伝一〇〇』（二〇一三年、平凡社新書671）があります。どちらも、どのような人物が詠史されたかなどを知るには実にわかりやすい入門書です。阿部氏は同書（二五〇頁）で

詠史句の世界で最大の人気者は、言うまでもなく「忠臣蔵」である。（中略）「平家物語がこれに次ぎ、ずっと下って曽我物語、菅原道真というところだろうか。

と述べられています。

さらに下って本書でとりあげる「明智光秀」がおります。西暦一八〇〇年頃に成った浄瑠璃『絵本太巧記』などで「悲劇の人」として演出される以前は「人気者」といってよいかは疑問ですが、詠史に少なからず詠まれる人物で、桂新書一冊におさめるには、ちょうどよいくらいの詠史が残っています。

本書は、明智光秀が江戸時代に狂句の詠史でどのように詠まれたかをおっていき、その本意や関連事をみていくものであります。詠史にご興味を持つ契機となり、できるならばご興味ある歴史上の出来事や人物の本意を明らかにされることを願ってやみません。

〈凡例〉

掲載句は、原則『日本史伝川柳狂句　十七』（古典文庫、一九七八年）に拠りました。川柳狂句の大家岡田三面子氏が編まれ、やはりこの分野の大家中西賢治氏が校訂したものですので信頼性があります。小栗清吾氏が

七万数千句の詠史句を拾い上げて人物・事項別に分類し、年代順に配列した大著で、われわれが詠史句を解釈するときには必ず参照するバイブルです。

とされるものです（『江戸川柳　おもしろ偉人伝一〇〇』二三六頁）。それには掲載句の出典も記載されているのですが、見やすさを優先して、本書では省略しました。また読みやすいものとするため、適宜「かな」を漢字やカタカナにおきかえたり、漢字に送りがなを付けるなどしております。

なお「川柳」という個人名を由来とする「川柳」「古川柳」「江戸川柳」といった名称を用いず、原則として「狂句」を用いましたのは、「狂詩」「狂歌」と同じジャンルの文芸と捉えているからです。また「参考図」はすべて筆者蔵本に拠ります。

I　本能寺の変以前

【明智光秀とは】

はじめに明智光秀について簡単ですが紹介しておきたいと思います。

明智光秀は、諸説ありますが享禄元年（一五二八）に生まれたとされ、天正一〇年（一五八二）に没しております。通称は「十兵衛」、後に「惟任（これとう）」と名乗り、「日向守（ひゅうがのかみ）」でありました。

織田信長に仕えたことは明らかですが、それ以前、どこで生まれ、どのようなことをしていたかは諸説あり、確かではありません。

戦功を積み近江坂本城主となりますが、天正一〇年六月二日、本能寺に滞在していた信長を襲撃しました。「本能寺の変」といわれます。しかし、その後、山崎で羽柴秀吉と戦って敗れ、敗走中、小栗栖（おぐるす）で地元の人に殺されたとされます。

本能寺の変は、主君を殺した衝撃的な事件であり、後世に成る『太閤記』『明智軍記』といった歴史物などに描かれました。こうした作品の「光秀像」は、あくまでも物語上のものでありますが、人々には印象に残る話であったようで、それらによって形成されたイメージで多くの狂句が詠まれています。次の狂句があります。

貸本の明智軍記も三日限り

『明智軍記』の貸出期限も三日間である、という意です。キーワードは「三日」で、助詞の「も」の使い方がうまい句です。後で述べますが、光秀といえば、まず「三日天下」を思い浮かべる人が多かったようです。実際は本能寺の変から死ぬまで三日間ではないのですが、その短さが誇張されて「三日」といわれました。近松半二らの浄瑠璃の題名「三日太平記」もそれに拠ります。前掲句は、光秀の天下も三日間、光秀が主人公の軍記の貸出期間も同じ三日間だと、かぶせたところが面白みです。ただし実際に貸出期間が三日であったかは疑問です。狂句上の作り事と考えておくべきでしょう。

なお、江戸時代は貸本屋から本を借りる人が少なからずおりました。男性向けのものとして人気のあったジャンルが歴史物です。そうしたものに『太閤記』や『明智軍記』などがあり、同じ歴史物を読んでいれば、光秀のイメージもほぼ同じになるのは至極当然といえましょう。

【再三の恨み】

豊臣秀吉を描いた「長編歴史物語」ともいうべき『絵本太閤記』は、寛政年間、西暦一八〇〇年頃に成ったものです。この本を読んでいる美人をえがいた喜多川歌麿の錦絵「教訓親の目鑑識 理口者」（図1）などは、よく知られた作品です。

『絵本太閤記』「第三篇第七之巻」には以下の話がおさめられています。

　岡崎城合戦
惟任光秀　恨信長公
惟任光秀　再恨信長公
惟任光秀　三恨信長公

いわば「光秀　怨恨編」といってよいでしょう。この「再三の恨み」が信長を討つ原

因になったとしています。その恨みの重さに着目して

光秀は不断うぬ見ろ見ろよ

と詠まれています。「不断」は絶え間なく続くこと、「うぬ」は相手をののしる場合に用いたことばです。「見ろ」の繰り返しがうまいところです。その繰り返しに「今に見ていろ、この恨みをはらしてやるからな」という信長への継続的な恨みがよく表れています。

『絵本太閤記』では再三の恨みが語られるのですが、狂句によく詠まれましたのは、そのうちの一つです。

光秀が饗応司（いわば接待係）として仕事をしていたのですが、それを見た信長が、饗応司としての饗応が華美に過ぎることを怒って、その役職を解いたところ、光秀の怒気が顔色に表れ、それに信長が気づいてさらに怒り、信長が小姓らに「頭を打つべし」と命じたところ、他に打とうとする者がいなかったので、森蘭丸が鉄扇で頭をし

たたかに打ち、そのため烏帽子が破れて、髪が乱れ、うなじが裂けて血が流れた話です。

御馳走が過ぎて光秀尻を食ひ

「御馳走が過ぎ」は、信長が咎めるほど華美であったことをいい、「食ひ」はその縁語となります。「尻を食う」は、本来「とばっちりを受ける」の意味ですが、あざけったり、ののしったりするときに「尻を食らえ」といい、ここでは信長にののしられたことを意味します。「御馳走」ではなく「尻」を食うとした落差間がおもしろみです。

人の手をかりて信長腹を立て

この句は、信長が腹を立て、自身ではなく、森蘭丸がかわって、鉄扇で光秀を手加減なく叩いた、という意味です。後で述べますが、そもそも蘭丸は光秀を恨んでいたので、容赦がありませんでした。本当に鉄扇で容赦なく頭を打っていたならば光秀は死んでいたかもしれませんが、物語上のことです。「鉄扇」はその字のごとく、鉄を用いて作られた扇ですが、親骨だけ鉄、親骨も中骨も鉄、たたんだ形ですべて鉄（すぼまらない）などいろいろあります。護身のためのものでした。今は見かけないものですが、かつて時代劇にはしばしば使われた道具でした。「手をかりて」と「腹を立て」が対になり、「て」の繰り返しによりリズム感が出て、うまい句だと思います。また、

すぼまらぬ扇で叩くご立腹

とも詠まれています。前の句は「信長」があるのでわかりますが、この句は、「すぼまらぬ扇」から鉄扇を思い浮かべ、それから「ご立腹」が信長と結びつかねばならず、かなり上級の狂句といえましょう。

【打たれた光秀】

鉄扇で打たれた結果、光秀がどうなったかといえば

御意あって明智が天窓割唐子

となりました。「御意」は鉄扇で打てという信長の命令、「天窓」は、意味は同じですが「あたま」とも「おつむ」とも「つむり」とも読めます。「割唐子（わりがらこ）」は、女性の髪の結い方の一つで、髷（まげ）の部分を半分に分け、そのもとのところで輪をつくったものです。「割」が掛詞で、光秀の髷（まげ）が二つに割れ、額も二つに割れたことを詠んでいます。『絵本太閤記』の本文には「うなじ裂けて血流るる」とあるのですが、その挿絵では額に血を流しております。狂句では額（眉間）を打たれ、血を流したとします。なお明治二十六年刊『修身教訓画』（図2）にはこの場面の画が載り「過而不改是謂過矣」とあります。人々の記憶に残っていたから、この場面の画

が用いられたものと思われます。
さて、本来、武士において眉間の傷は、「後ろ傷」（逃げるときにつけられた不名誉な傷）に対し「向こう傷」（敵と正面から戦って受けた傷）でありましたが、一方的に眉間を傷つけることは、はなはだ恥辱を与えたことになります。歌舞伎の『夏祭浪花鑑（なつまつりなにわかがみ）』で主人公の団七が額に傷を付けられたことは、はなしの展開上大きな意味を持っています。

時は今さし汐眉間血が流れ

「時は今」は、後で述べます「愛宕連歌」の発句「時は今天が下なる五月かな」からとった文句です。江戸時代の人が「時は今」といえばまず愛宕連歌を思い出したからこそ成り立つ句です。もしわからなければ、意味不明の句になってしまいます。光秀のことわかるから、「さし汐」は満ちてくる潮のことですが比喩表現で、鉄扇で打たれた箇所から血が満ち潮のように出ている様を詠んだことがわかります。

その額桔梗の色に腫れあがり
桔梗の額紫に腫れあがり

鉄扇で打たれた額が紫色になった様を詠んでおります。桔梗は「秋の七草」の一つとされることもあり、その花の色が紫であったことはよく知られていたと思われます。また桔梗は光秀の紋でもあるので、光秀のこととわかります。「紋」はそれを使用する人の象徴で、いわばブランドロゴみたいなものです。ある人物を詠むときに、その人の使用している紋で、その人をあらわすことはよくありました。

さて、この二句は、ほぼ同じ趣向の句です。狂句の世界では、うまいと思うとこのように似た句が詠まれます。同じことばを用いることを「入れ句」などといったりします。今ですと盗作といわれかねませんが、こういうことが日常的におこなわれる時代だったとお考えください。

口おしい顔光秀は丹波色
光秀は無念もっとも丹波色

「たんばいろ」は「丹波色」ではなく「胆礬色」と表記するのが正しいです。「胆礬色」とは青い色で、浄瑠璃の「神霊矢口渡（しんれいやぐちのわたし）」に「五躰わなわな胆礬色」とあるのと同じで、真っ青になった顔色の形容に用いています。さらに、ここでは「口おしい」「無念」をあらわしています。光秀が丹波国をおさめていたことから「丹波色」としたところがおもしろみです。
「無念」に関しては次の句も詠まれています。

つむりてんてんが十兵衛無念なり

手で頭を軽くたたくという、子供の戯れ「つむり（おつむ）てんてん」とちゃかした点がおもしろいところです。物語上で蘭丸が力任せに光秀を打ったことは深刻なことですが、それを「つむりてんてん」という幼児の戯れごとに転換し、その落差間を出したところがうまいと思います。打たれた後のことも詠まれます。

光秀は扇子のなりに箔を付け

「箔」は金箔のことです。現代の金箔が関連する化粧品広告でも、その効能として、金箔には肌のバリア機能を修復したり、殺菌作用があることをあげるものをみかけますので、なぜ金箔を付けたかおわかりかと思いますが、鉄扇で打たれた傷をなおすためです。「なり」は形のことで、鉄扇の形のことです。実際はその形の通りではなく、大きめにはるものですが、「鉄扇のなり」と表現したところがおもしろみです。

【無念が恨みに】

「無念」は「恨み」になることがあります。

扇の恨み猛将の骨に入り

「猛将」は光秀であります。「骨に入り」は「骨の髄まで入る」を縮めたいい方で、これ以上なく恨むさまをいっています。「扇」と「骨」は縁語です。「扇の恨み」だけですと誰に対する恨みかわかりませんが、「猛将」とあるので、光秀の蘭丸に対するものとわかります。「光秀」とわかりやすくせず、「猛将」と一ひねり加えたところが工夫といえるでしょう。

鉄扇で打たれた恨みの結果、本能寺を襲撃したとする狂句に

ぶたれちゃあきかぬと寄せる本能寺

があります。「きかぬ」は承知しない、許さない、といった意味で、鉄扇で打たれたことが許せないから本能寺に攻め寄せたとするものです。歌舞伎の台詞のような「ぶた

れちゃきかぬ」がおもしろみです。本能寺とは関係ありませんが

　額の蚊ぴしゃり明智のみえになり

は、額に食いついた蚊を手持ちの扇子でピシャリと叩く様を、歌舞伎の「みえ（見得）」のように大仰にしてみせた江戸の庶民の様を詠んでおります。江戸時代の庶民向けの話を読んでいますと、光秀自身も題材になっていますが、歌舞伎や浄瑠璃の類は、庶民の生活にかなりとけこんでいたと思わせられます。

　人をぶちのめし寝ている本能寺

これは、「人（光秀）をぶちのめす」と「（信長が）寝ている」が対比的であるところが技巧ですが、それほどおもしろい句とは思えません。

眉間の痛み所打ち出た本能寺

これは、鉄扇で打たれた光秀の眉間の痛みが「うち出た」と、本能寺に「打ち出た」が掛詞になっており、その二つに因果関係があるようにまとめています。さらに深読みすれば、「本能寺では、光を放つ仏像の眉間に痛みが出た」という表面的な意を含ませて、実は光秀の事を詠んでいるという技巧があったかもしれません。

【森蘭丸】

御存じとは思いますが、明智光秀を鉄扇で打った森蘭丸（1565～82）は実在の人物です。信長に小姓として仕え、美濃岩村五万石を与えられたというのですから、いかに信長のお眼鏡にかなっていたかがうかがわれます。また信長と衆道関係であったと伝えられており、次の句が詠まれています。

痔で悩む時も蘭丸御意次第
蘭丸をいっち惜しがる本能寺

いわゆる下ネタなので、説明はせず、それぞれ「いろいろ悩みがあっても信長の御意にしたがわねばならず、ご苦労なことです」「本能寺の坊様、一番（いっち）のお気に入りの蘭丸がなくなり、お気の毒様です」と軽いコメントで流しておきます。

さて『絵本太閤記』には、次の光秀と蘭丸の話を載せております。

信長公は蘭丸を寵愛のあまり、いろいろな珍しい器や宝の数々を取り出しなされて、

「この中でおまえが望む物があったら選んで取るがよい」

とおっしゃったところ、蘭丸は

「わたくしが望むような物はございません」

と申しました。信長公はお笑いになって

「このようなもの以外で、お前がのぞむ物があるのか」

この時、蘭丸は謹んで申し上げた。
「わたくしの亡父三左衛門は、近江国志賀郡をたまわり、わたくしもそこで生まれました。父の旧領は、わたくしの故郷です。今は光秀に下されています。ああ君恩をもちまして、父の領地を相続致したいほか、まったく望みはありません」
信長公はこれをお聞きになって
「自分も以前からそのように思っていた。二、三年待ちなさい。お前の望み通りにしよう」
とおっしゃったところ、蘭丸は涙流してその恩に感謝した。
この時、御次の間の障子のむこうに、連歌師紹巴法橋が参っており、この情話を聞いていて、事のついでに光秀に告げた。光秀は大変驚いて
「さては蘭丸、父の所領だったことを申し立て、御寵愛に長じて自分の所領を望むなど心安くない。その上、三年待ちなさい、お前の望み通りにしようという信長公のお約束、自分の身の上にとって大事なことで、最後にはわが家が滅亡するに違いない」

と申した。これが光秀の逆心の根源である。

少々長くなりましたが、この後、信長は蘭丸を光秀の養子にしようとしましたが、光秀はそれを断り、断った事を蘭丸が恨み、そのため鉄扇で剛力にまかせて打ったという話の展開になります。狂句では

明智が退出蘭丸をじろりねめ

と詠まれています。どのような時のことかの説明はなくとも、光秀と蘭丸といえば、江戸時代の人は鉄扇で打たれた場面と本能寺の変がまず思い起こされたようです。ここは直接顔を合わしていますので、鉄扇で打たれた後に帰る場面です。「ねめ」は、「じろり」があるので「睨（にら）む」の意ですが、「敵を憎む」の意もありますので、それを含んでいると思います。歌舞伎などでこのような場面はよくありますので、それをふまえたのかもしれません。また

先刻はなどと蘭丸次で云ひ

という狂句は、鉄扇で打った後、次の間で、蘭丸が光秀に「先刻は失礼しました、殿の御命令だったので」といった、と想像をたくましくして詠じた句です。これも歌舞伎の一場面のようで、実ににくにくしげな蘭丸のふるまいです。

蘭に打たれたが桔梗の遺恨なり

「蘭」は蘭丸、「桔梗」は光秀です。それぞれを植物で表現して、対にしたところが技巧です。

事の破れは鉄扇で打つ額

「事の破れ」は事件の発端の意で、その「破れ」を鉄扇で打たれて額が破れたことと掛けた句です。光秀、信長、蘭丸、本能寺を用いず、「鉄扇」「額の破れ」で仕立てており、なかなかうまい句です。

また『絵本太閤記』に本能寺で

蘭丸、物見の下より

「旗の紋は見えざるか。何者の寄せ来たるや」

宮松、とくと透かして見て

「旗は水色に桔梗の紋、反逆人は惟任光秀なり」

とあり、それをふまえて

　蘭丸物見水色見てひやり

と詠まれています。「物見」を詠み込んで、本能寺であることをわからせているところがうまいと思います（図3）。同趣向で

明知勢織田の寝耳へ水浅葱

があります。「寝耳へ水」（突然の出来事に驚くこと）と「水浅葱」とで「水」を掛けているところが技巧です。ここでは「水浅葱」は水色と考えてよいでしょう。光秀が蘭丸をさぞかし恨んだろうと、次の句が詠まれています。

小姓めを取り逃がすなと明智いひ

本能寺の変の当日のことで、むろん「小姓」は蘭丸です。『絵本太閤記』には、光秀は西国出陣の用意のため、安土に信長を訪ねており、その振る舞いから、森蘭丸は「光秀は必ず逆心を企てている」と信長に申し上げましたが、「そのような事はない」といったとあります。それをふまえて

蘭丸は推量のいい男なり

という句が詠まれています。

II　愛宕山での連歌

【愛宕連歌】

当時の多くの武士が連歌を嗜みました。明智光秀もその例外ではなく、一座した連歌が今日でも数十巻ほど伝わっております。今日までに散逸したものもありましょうから、江戸時代にはより多くの連歌が伝わっていたと考えられますが、光秀一座の連歌の作品集は当時刊行されておりませんので、実際に作品を読んだ人は多くなかったと思われます。ただし、ある連歌会に一座したことはよく知られていました。「愛宕連歌」(愛宕百韻)と称される連歌です。

連歌は、一つ一つに名称が付されるわけではありません。付けるとしますと、連歌が興行された場所か、興行した人の名前を冠することが多いようです。たとえば、代表的な連歌作品「水無瀬三吟」「湯山三吟」は地名が冠され、秀吉がおこなった「羽柴千句」は名前が冠されております。「愛宕連歌」は愛宕山でおこなわれたことから地名が付されています。愛宕山でおこなわれた連歌はこれだけではなかったと思われますが、特定の連歌のみを指します。それは光秀が一座した連歌です。

愛宕連歌はそのころみな天狗

という狂句が詠まれています。狂句を詠む人には、「愛宕連歌」で、これから述べようとする光秀の一座した連歌ということがわかったのです。なお、天狗に「愛宕山太郎坊」がおり、それとこの連歌を結びつけたところがおもしろみの狂句です。一句の五・七・五を三人で別々に詠んで楽しむ「天狗俳諧」という遊戯があったことも関連しているかもしれません。愛宕連歌は後で述べますように、光秀の叛意を示したものと考えられたので、その連歌に一座した者はすべて「天狗」という表現をしたのではないかと思います。

【常山紀談の記述】

江戸時代に成る『常山紀談』には多くの武士に関する話がおさめられています。その中に「光秀愛宕山にて連歌の事」として以下のようにあります。

天正十年五月二十八日、光秀愛宕山の西坊にて百韻の連歌しける。

ときは今あめが下しる五月かな　光秀

水上まさる庭のなつ山　西坊

花おつる流れの末をせきとめて　紹巴

明智本姓土岐氏なれば、時を土岐とよみ通はして、天下を取るの意を含めり。

『常山紀談』は、いわば「小話」を集めたものですので、一つ一つの話の記述が説明的ではないので、現代人にとってはわかりにくいのではないかと思われますが、いつ、どこで、誰がおこなったかの、基礎的情報は提供してくれます。

右の話は、『常山紀談』のみに見られるものではなく、いろいろな書物に記されています。ただし個人の感想が書き加えられるなど、微妙に異なる点があります。一つ例をあげますと、架蔵の『諸巻抜袋』にはこの連歌をとりあげ、以下のようにあります。

光秀土岐ノ苗裔ナレバ、名字ヲ時節ニ準ヘ、本望ヲ達セバ自ラ天下ヲ知ルノ心祝ヲ含メリ。挙句ノ体モ爾ノ如シ。誠ニ大事ヲ心中ニ思立シ刻、カヽル巧ノ句ヲ数余多セシハ、其才想像レタリ。

「このような心理状態で巧みな句を詠んだのは才能あふれていよう」と光秀を評価しております。

【絵本太閤記の記述】

光秀についての話としては『絵本太閤記』は看過できません。その中の「愛宕山連歌」は、信長への再三の恨みから、謀叛を決意し、京都の愛宕山にあった寺院で、その意を込めた連歌を行ったとする話です。意訳しますと以下のようになろうかと思います。

光秀は「自分はいささか祈願することがあるので愛宕山に詣でる」といって、愛宕山に登り、大権現に参詣し、心願をこらして三回籤を引いた。中国出征の祈りのために、西の坊威徳院行祐房のところで、五月二十七日の夜は宿泊することにし、日ごろ嗜んでいることなので、百韻の連歌を興行した。行祐房はもともと連歌の達人で、この連歌の道に堪能な紹巴法橋、昌叱法橋、心前法師、兼如法師、上の坊大変大善院宥源などがこの連歌に一座した。

時は今あめがしたしる五月哉　光秀
　みなかみまさる庭の夏山　行祐
花落つる池の流れを堰き止めて　紹巴
　風は霞を吹き送る暮　宥源
春もなほ鐘の響きやさえぬらん　昌叱
　片敷く袖は有明の霜　心前
うら枯れになりぬる草の枕して　兼如
　聞きなれにたる野辺の松虫　行澄
秋はただすずしき方に行き返り　行祐
　尾上の朝け夕ぐれの空　光秀

右の表十句を記し、続きは省略する。ただしこの連歌会で光秀の句は十六句あり、「名残の花」は

色も香も酔ひをすすむる花のもと　　心前
国々はなほのどかなる時　　光慶

執筆は光秀の家臣である東六郎兵衛行澄といって、東野州常縁の後胤で、和歌連歌の達人である。光慶は、光秀の子である明智十兵衛のことである。最後の句は光秀の詠んだ句なのだが、わざと光慶と記したのである。

発句に「時は今」と詠み、挙句で「のどかなる時」と終えたのは、光秀はもともと「土岐（とき）」氏の正流なので、苗字を時季になぞらえて、このたびの本意である「自分が天下を治め、どこでも、いつでも、のどかである」ということを詠み込んでいる。紹巴法橋は才智明敏の者なので、これらの句から光秀の叛心を悟って、「天下の大事がおこるにちがいない」と、ひとり心に思った。

江戸時代には連歌をする人も、連歌から派生した「俳諧の連歌」（連句）をする人も少なからずいたので、右に見られる専門用語も内容も理解できました。今は連歌に馴染みのある人は必ずしも多くないので、そのことを含めていささか解説を以下に試みることにします。狂句とは話がずれてしまうようですが、ここをおさえておかないと、このことを詠んだ狂句が理解しづらくなると思うからです。

【連歌奉納】

光秀は中国地方の毛利氏との戦いに向かうことになっておりました。このようなときに、当時の武将たちは、神仏に戦勝祈願をするものでありました。勝軍地蔵が垂迹した軍神とされる愛宕権現は武士から信仰を集めており、光秀の「祈願のことがあるので愛宕山の大権現に参詣する」という行為は、毛利氏の戦いに勝つお祈りをしにいくものと理解されていました。なお、愛宕山では、花見の折に土器（かわらけ）を遠くに投げて、それが風に舞う様を楽しむ遊びがおこなわれました（図4）。

土器を投げて大望企てる

という句があります。光秀は土器を実際には投げていませんが、愛宕山で信長への叛意を決めたことを詠んでいます。

さて、今日でも「合格祈願」といった理由で寺社にいらっしゃる方は多いですから、光秀の行為は理解されるものと思われます。ところが祈願にいった場所で連歌がおこなわれるということに関しては理解できない方も多いのではないでしょうか。

今でも神社に詣で、何かを祈願するとき、賽銭箱にいくばくかの金銭を入れる方は多いですが、昔も似たようなもので、祈願するにあたって何らかを「奉納」することがありました。その奉納するものは金銭のほか「物」などもありましたが、そのほか芸能の類もありました。神仏に「舞い」や「音楽」を奉納して楽しんでいただいたのです。和歌や連歌などの文芸も同様に神仏に楽しんでいただき、願いをかなえてくださるように奉納されました。

「祝言」を第一とする、おめでたい「脇狂言」の一つに「福神物」といわれるものがあり、それに分類される狂言に「大黒連歌」(だいこくれんが)があります。内容は、比叡山の三面大黒天を信仰する男二人が、そこに参籠し、通夜をして連歌を奉納するというものです。大黒天と男らとのやりとりは

大黒　「さて最前の連歌は、いかにいかに」
男（甲）「あらたまの年の初めに大黒の」
男（甲乙）「信ずる者に福ぞ賜る」

とあり、大黒は連歌の面白さに、数の宝を入れ置いた袋を取らせるのです。

これはあくまでも狂言ですが、江戸時代の人が、連歌を奉納することに違和感を覚えることはなかったと思われます。

【祈祷連歌】

江戸時代初期を代表する俳人松永貞徳の著した『戴恩記』は、紹巴と交流の深かった細川幽斎より聞いたことなどをまとめたものです。資料としては信憑性の高いもので、それに紹巴が語ったこととして

われらが連歌にも奇特はありと覚ゆる也。そのしるしあればこそ、人のおしむ金銀を給はりて、祈祷連歌をあつらへ給ふ方おほし。

とあります。連歌には奇特があり、だから金銀を払って祈祷連歌をおこなうのだ、というのです。

江戸時代前期、寛永頃の成立かとされる『きのふはけふの物語』に

ある大分限者（注・大金持ち）、祈祷のために連歌をせんとて、連歌師をあつめ申された。

とあるのは、大金持ちが、祈祷連歌をおこなうために、金銀を与えて連歌師を集めた、ということです。連歌師とは、連歌をおこなう職人であります。うでのよい連歌師は宗匠などと呼ばれ、連歌師の評価によって支払われる金銀も異なりました。さらに

御祈祷の事に御座候程に、亭主より、発句御出し候へ

とあります。「亭主」とは、この場合、連歌の主催者のことです。主催者は、脇句を詠むことが多いのですが、祈祷の連歌では発句を詠みます。

愛宕連歌でも光秀が発句を詠んでおり、光秀が「祈願」のために連歌をおこない、それを愛宕権現に奉納し、楽しんでいただき、願いをかなえていただこうとしたことはすんなりと受けいれられたと考えてよいと思います。さらに、そうした文脈で、『絵

本太閤記』をみると

連歌の達人　　　　　行祐

連歌の道の堪能　　　紹巴・昌叱・心前・兼如・宥源

和歌連歌の達人　　　行澄

としています。紹巴・昌叱・心前・兼如は、当時の一流連歌師で、紹巴は当時最高の位置にいました。こうした連歌にすぐれた人を集めることにより、よりよい連歌を完成させ、愛宕権現に連歌を楽しんでいただき、願いを必ずかなえていただきたいと思っている光秀の様子を表現したかったと思われます。狂句に

宗匠御出かと明智うれしがり

とありますのは、当時最高の連歌師だった紹巴を連衆に迎えることのできた光秀の悦びをよくとらえております。

あめが下で宗匠と明智誉め

この「宗匠」も紹巴ですが、光秀が何を誉めたかは明らかではありません。「あめが下」を、「雨が降っているときに」の意味の「雨が下」と愛宕連歌の発句にある「天が下」を掛けているところがおもしろみなので、雨の中、わざわざおいでいただいたことを誉めたたえる意と、よい連歌ができ、念願どおり謀叛が成功したのは宗匠のおかげであると誉めた、と読んでおきます。

なお歌舞伎の『時今也桔梗旗揚』（ときはいまききょうのはたあげ）は、愛宕連歌の発句をふまえての題名です。ただしこの演目では、紹巴が謀叛をすすめ、光秀に切り殺されています。

【戦勝祈願の連歌】

戦勝祈願の連歌は、戦があった時代にはしばしばおこなわれるものでした。ですから光秀が愛宕山で連歌をすることに、何かをたくらんでいるといったことを感じさせるような違和感はなく、これからおこなわれる毛利氏との戦さで勝つことの祈願だと誰もが思ったと考えられます。

祈願を目的とした連歌の場合、最初の句「発句」に祈願主の願いを比喩的に表現します。こうしたことも江戸時代の人は俳諧の連歌を通じるなどして知っておりました。どのようなことを比喩しているかの解釈いわば「謎解き」は、読者が特に楽しむところであります。愛宕連歌にまつわる話では、発句の「時」を明智の本姓「土岐」としたところが実にすぐれています。こうした名前を詠み込むのは、一般受けする技法の一つでありました。この掛詞をふまえたものと考えられます次の狂句が詠まれています。

本能寺寝耳にトキの声がする
トキのかね寝耳にひゞく本能寺

この場合、二句とも「トキ」に「土岐」と「時」と「鬨」（戦闘を始める前に発せられる大声）が掛けられています。「鬨」が加わったところに工夫があります。先に「明知勢織田の寝耳へ水浅葱」の句をあげましたが、光秀が本能寺を襲撃したとき、信長らは寝ていたとされます。そこで「寝耳」がでてきたところがうまいところです。「寝耳に水」という表現はなじみのある言葉です。「時の鐘」も日常的につかわれる言葉です。それを用いて寝耳に水に、時の鐘がするかのように、土岐（明智）軍の鬨の声がする、という意味です。

明智光秀が土岐氏の流れであるかにつきましては、後に作られました系図などには、そのように記しているものがあるのは事実ですが、それを証する確かな資料はありません。しかし、「明智」という苗字は、美濃の国の明智（明知）を連想させるものであり、美濃の国の斎藤道三の謀略によって滅ぼされた土岐の話もよく知られていたので、『絵本太閤記』の読者にとって、「明智」と「土岐」との結びは、なんら唐突すぎることではありませんでした。

さて「しる」には「治める」という意味がありますので、これから毛利との戦いに

むかう光秀の発句は、本来

　毛利との戦いに勝ち、この五月こそ信長が天下を治めるときである

といった祈願をこめた句ですが、「土岐」の意を加えますと

　信長を倒して、この五月こそ土岐が天下を治める

という意になります。これこれこういうことがあったが、実はそれにはこのようなことが背景にあったと、裏の事情を語るのが、物語をおもしろくする常套手段であり、繰り返しになりますが実によくできた深読みとなります。

【挙句】

『絵本太閤記』は「愛宕連歌」のはじめの十句をあげ、次に最後の二句をあげています。連歌にはもともと「定座」（じょうざ）といわれるものはないのですが、俳諧の連歌が、百句ではなく、手短な三十六句で一つの作品（歌仙）を頻繁におこなうようになりますと、定座がうまれます。定座とは「月の句」と「花の句」を詠むべき場所の

ことです。最後から二句めは「花の定座」です。『絵本太閤記』は連歌をあげたあと、その解説をしますが、心前の花の句の説明はありません。しかし「歌仙」になじみのある人にとって、挙句・揚句（あげく）前の句はチェックポイントであったのです。

また最後の句は、これで連歌が出来上がる、大切なものなので「挙句」とわざわざ特別な名称をあたえるとともに、最後の締めくくりとして、詠み方が決まっていった句です。今でも「物事の終わり」を「挙句の果て」とおっしゃる方がいらっしゃいますが、一般にもなじみのあったものです。

挙句は、連歌では例外も見受けられますが、俳諧の連歌（連句）ではほぼ

①その作品が完成したことをよろこび、天下泰平を寿ぐ句である
②春の句である
③発句と照応する

をふまえています。しかも、挙句は発句を詠じた人と、この会を主催した人は詠むことがありません。書記係ともいうべき「執筆」（しゅひつ）は、作品中一句しか詠まないのが原則で、挙句を詠むことが少なからずあります。これは、先の①②③と内容が

限定されるので、前句がどうであれ、定型的な句になるから詠みやすいことがありま す。また最後になって停滞するのを避けるため、あらかじめ作っておくことが可能な句でもあります。

『絵本太閤記』は、実にうまく、このことを下地に使っているということになりま す。先に意訳をあげましたが、ここでは原文をあげると以下のようにあります。

光慶とは、光秀が子明智十兵衛が事なり。挙句光秀が句なれども、態と光慶と記せり。発句にときは今と置き、挙句、のどかなる時と留めしは、光秀旧は土岐の正流なれば、苗字を時季に准へ、今度の本意をのべて、天下を治め、四海四つの時長閑なるの心を祝し、斯くはつらね作りたり。

【現代の解釈】

現代においても、本能寺の変と結びつけて愛宕連歌を解釈される方は多くいらっしゃいます。

明智光秀の伝記研究の基礎図書『明智光秀』（昭和三十三年、吉川弘文館）を著された高柳光寿氏は

二十八日は西坊に滞在して里村紹巴らと百韻の興行をし〝ときは今あめが下しる五月哉〟という発句を詠んだ。そしてこの懐紙を神前に籠めたのであった。ここに至って、彼は謀叛を決意し、その意志をそれとなく発表したのである。

とされます（「運に負けた光秀」、桑田忠親編集解説『戦国の英雄』、一九六七年、筑摩書房、一六九頁）。

高柳氏は発句のみをとりあげていますが、作家の中田耕治氏は「めざすは山崎のネズミ」（『歴史読本』第二十六巻第十号、昭和五十六年八月）で「とき」が、明智の属する土岐氏をさし、「あめが下しる」に天下をしろしめすという意味が隠されていること、また、「水上まさる」が、「あめが下」をうけながら、勝る、「まつ山」が時機を待つを掛けていること、紹巴が信長の花が落ちると、信長の流れをくむものを堰とめるという暗喩をもっていたとされる。したがって、二人とも光秀の心中を推察していたことになる。

と第三句まで述べられています。

歴史研究家の津田勇氏も「『愛宕百韻』を読む―本能寺の変をめぐって―」(『真説本能寺の変』二〇〇二年、集英社)で第三句までを中心に本能寺の変と結びつけた解釈を示されています。最近では宮崎政弘氏が『明智光秀五百年の孤独 なぜ謎の武将は謀反人と呼ばれたのか』(二〇一九年、徳間書店)で解釈されています。

連歌研究家の田中隆祐氏は「愛宕百韻は本当に「光秀の暗号」か?連歌に透ける光秀の腹のうち」(『歴史読本』第四十五巻第十二号、平成十二年八月)で、「正規の連歌の鑑賞方法ではない」としながら、愛宕連歌の光秀の句だけを寄せ集めて解釈し、本能寺の変を実行する「光秀の意志表示」とします。

ただし、津田氏は「連歌を解釈することは容易なことではない」「先人の注釈もなしに連歌を解釈するのは冒険だが、あえて試みようと思う」と述べられており、田中氏は「連歌研究の立場から」すれば、発句について「毛利を征伐すれば天下が治まるという趣旨を読まねばならない」とされています。また明智光秀の伝記研究の基礎図書『明智光秀』(昭和四十八年、新人物往来社)を著された桑田忠親氏はいよいよ京都に乱入する直前に、腹心の家臣五人にだけ真意を打ち明けたりするような細心慎重な光秀が、連歌師や愛宕山の社僧に感づかれるような不用意なまねを、するわけがない。

と述べられています（『桑田忠親著作集第二巻　戦国武将（二）』昭和五十四年、秋田書店。一六四頁）。

そもそも愛宕連歌の原懐紙そのものは現存せず、写し伝えられたものにはその発句を「しる」ではなく「なる」とし、しかもおこなわれた日が異なるものもあります。当時の信憑性のある記録類で、愛宕連歌がこの日におこなわれたと記すものもないようです。本能寺の変と愛宕連歌との結びつきは、あくまでも伝説上のことと考えておくのがよろしいかと思います。

ただし、たとえば「誰それの陰謀があった」といった仮説を立てられて、その立場で愛宕連歌を自由に解釈することを否定するものではありません。真偽はともかく、さまざまな視点でものを見ることは大切に思います。現代にいたるまで、伝説をもとに、想像をたくましくした創作がなされ続けていることは、いかに人々を魅了する伝説であるかということを証しているともいえます。

【時は今】

愛宕連歌にまつわることは、狂句にもよく詠まれています。

1　得難きはときと本能寺へしかけ
2　時は今五月道憂き明智越
3　時は今雨のくるわに三日ほど

は、発句の「時は今」をふまえたものです。

1は本能寺を襲うときのことを詠んでいます。

謡曲「西行桜」の「得難きは時、逢い難きは友」をふまえており、先にも「とき」と「本能寺」を詠み込んだ狂句をあげましたが、これも「時」と「土岐」を掛けているとなると、得難いチャンスと得難い能力のある土岐である、を掛けていることになります。ただ言葉遊びとして「土岐」をにおわせているだけかもしれません。

2は、「道憂き」とありますから、後で取り上げます「山崎の合戦」に破れ敗走しているさまを詠んでおります。それは実際は六月のことですが、発句から「時は今」と「五月」をとっています。

3は、「くる」に「来る」と「くるわ」を掛け、「くるわ」を城や砦の囲いの意とし、発句から「時は今」からとり、「あめが下」と「五月」から「(五月)雨」を用いています。「三日天下」から「三日」としたものです。「雨が降る時節、三日ほど遊郭にいることだ」という意にもとれるところがうまいと思います。

【愛宕】

「愛宕」を詠んだものをあげますと

愛宕からあそこだなァと本能寺

実際はあのあたりとまではわかっても、あそこだと確認しがたいと思われますが、愛宕山で光秀が信長の居場所を確認したとする意味です。光秀が述べたとされる「敵は本能寺にあり」をふまえたものでしょう。「あそこだなァ」が狂句らしいところです。

光秀の発句「時は今あめが下しる五月哉」に関しては

恐ろしい十七文字は愛宕なり

があります。和歌を「三十一文字（みそひともじ）」ということから、それにならって発句（俳句）を「十七文字」というようになりました。発句はたくさんありますが、「愛宕なり」とすることによって光秀の発句に限定し、それを、主君である信長に代わって自分が天下をとる、という意でとり、「恐ろしい」としたところがうまいです。たとえば「美しい十七文字は〇〇」といったように、「十七文字」をいかして、応用がきく句作りです。

　愛宕にて買った五月は三日咲き

愛宕で買った植物のサツキは、三日咲いた、というのが表の意味ですが、愛宕連歌の発句の「五月」をふまえ、三日天下であったことを含んでいます。「五月」「三日」で月日を詠み込んだところがうまいと思います。

　雨の連歌の晴れかぬる愛宕山

は、発句の「あめが下」から「雨の連歌」とし、それを縁語の「晴れ」で受けて、「晴れかぬる」すなわち雲行きが怪しい、不穏だとし本能寺の変を連想させています。

　天が下しるは知ったかあっけなさ

は光秀が連歌で願ったことも「三日天下」であっけなく終わったことを句にしました。

明智が寝返り布団着た山の

とあります。芭蕉の弟子嵐雪の「蒲団着て寝たる姿や東山」（『俳諧古選』四）を参考に考えると、「布団着た山」は愛宕山で、「寝返り」と「布団」の縁語仕立てがうまいと思います。

京都の愛宕神社は全国約八百ある愛宕社の根本社であります。加賀国の白山神社と並び信仰され、「必ず」の意で「あたごはくさん」という言葉も生まれています。陰暦六月二十四日にお参りすると千日分にあたるとしてお参りした「愛宕千日詣」もよく知られておりました。京都の愛宕神社だけでなく、江戸時代の江戸在住の人には、今の港区にある愛宕山の神社をまずは想起したことと考えられます。ここは実に多くの錦絵に描かれました。それにもかかわらず「本能寺」「時は今」と結びついたときは、光秀を連想するものでありました。

【五月かな】

「五月かな」に注目した狂句もあります。

五月かなやうやう天気三日もち

これは発句の「五月哉」の文句をそのままとり、後で述べます光秀の「三日天下」を「やうやう」としたところがおもしろみです。

五つ月も取りそうな句で三日取り

は、発句の「五月」を「五ケ月」と取り、五ケ月くらいはもちそうなのに三日しかたもてなかったと揶揄したおもしろみです。

1　てらてらとする五月雨
2　五月雨三日てらすはとき明かり
3　雨の脚ふり草臥してとき明かり
4　四日とは天気ももたぬ五月雨

これらの句は、先にもありましたが、発句の「天（あめ）」「五月」から「五月雨」を連想したものです。

1の「てらてら（照照）」は太陽が照り輝く様で、光秀の三日天下をあらわします。「てらてら」という用語が新鮮です。

2の「とき明かり」は雨天の時、雲が薄らいで時々空が明るくなることで、先にもありましたが「とき」に「土岐」の意を含んでいます。むろん「三日てらす」は三日天下のことです。

3は「とき明かり」があるので本能寺の変を詠んだものとすると、五月雨が降る中、草の上にふしながら、明るくなるのまって、本能寺に攻め入るぞ、といった意味になりましょう。ただし、そこまで読み込まず、単に旅中の句ととってもよいかもしれません。

4は先の「天気三日もち」と同じことを詠んでいます。それを「四日もたぬ」といったおもしろみです。

【脇句】

愛宕連歌の脇句は、「みなかみまさる庭の夏山」と行祐が詠んでいます。これをふまえて

時は今さつきも庭で露を持ち

と詠まれています。狂句ではなく、単なる叙景句ととり、「さつき」を五月と植物名の掛詞として、愛宕連歌の脇句の「庭の夏山」の風景を具体化しているとすれば、「五月になった今、庭のサツキも五月雨の露を持っている」と訳せるかもしれません。ただ「時は今」「さつき」ともに愛宕連歌の発句にある言葉です。とすれば、「露」をはかなく散る命の比喩ととり、信長の命がいままさに尽きんとすることを暗示しているということになりましょうか。

紹巴は信長・秀吉の時代の最高峰にいた連歌師で、数多くの連歌会に一座し、多くの連歌が現存しています。したがって

眉に皺（しわ）寄せて紹巴は脇をつけ

という狂句も、どの連歌のことを詠んだかわかりませんが、脇句を紹巴が詠んだ連歌の一つだろう、という読みもできます。しかし、「眉に皺寄せて」は、「眉を顰（ひそ）める」の意、すなわち、他人の言動を不快に思ったりして、顔をしかめるさまです。

ここは「愛宕連歌」ととり、その発句は光秀の謀叛の意志がみられ、紹巴はそれがわかっていたと考えられていたので、その気持ちを「眉に皺（しわ）寄せて」としたとすべきでしょう。

では、愛宕連歌の脇句は行祐が詠じているのにもかかわらず、紹巴とされたのでしょうか。これが狂句でなければ、行祐をわざわざ「紹巴」に変えた意図があるかもしれません。しかし、あくまでも狂句なので、原点を確かめずにうろ覚えで詠んでおり、重要な役割をなして印象的な紹巴を出した、と考えておくのがよろしいかと思います。紹巴は江戸時代においても有名な連歌師ですが、行祐は「西之坊」とだけ記されることもある存在で、名前はしっかり覚えてもらっているほど有名ではありません。光秀の発句を受けるのだから紹巴である、という勘違いは大いにありえたと思います。

【第三句】

愛宕連歌の第三句は紹巴が「花落つる池の流れを堰き止めて」と詠じており、これ

をふまえた
　その事を悟り紹巴は手で留める

があります。連歌の学習過程で、連歌師は「てにをは」すなわち助詞・助動詞の用い方についていろいろと指導します。一句の終わりを「て」で終えることを「て留め」といいました。紹巴の句は「て」で留まっています。この「て」を「手」ととり、「その事」すなわち「謀叛の意」を押しとどめた、と詠んだのです。現代の歴史小説に、まるで見てきたかのように登場人物の心理を述べるものがありますが、この狂句などはそうしたもので、よくできていると思います。

　らん留めがよいと紹巴へ明智言ひ

これは、紹巴の句が「て留め」だったものですから、ここはそうではなく「らん留め」

がよいと光秀が紹巴にいったとするものです。「らん」に「乱」を響かせたところがおもしろみです。この二句、詠者二人がまるで申し合わせたかのように対応していますが、そのようなことはもちろんありません。

なお西陣織の「紹巴織」と「質流（しちながれ）」とを結び付け

紹巴織質の流れをせきとめて

と詠まれています。愛宕連歌の第三句のことを知っていた人の句です。

Ⅲ　本能寺の変

【本能寺の変】

本能寺の変を詠んだ狂句は実に多くあります。

かんにんの囲みを破る本能寺

怒りをこらえて、信長を許すことができなかったことと、本能寺を攻めたことを「かんにん（堪忍）の囲みを破る」といったところがうまい句です。

さむらひの人ないところへ明智寄せ

本能寺は寺なので、侍がいない場所としたところが工夫です。「明智」があるからわかる句です。

始終どんちゃんで茶番の本能寺

「どんちゃん」は入り乱れて戦う様をいい、歌舞伎で戦乱の場面に演奏する音楽でもあります。その縁で滑稽な寸劇「茶番狂言」の「茶番」を用いました。音読していただくとわかると思いますが、「ん」の繰り返しと、「ちゃ」の繰り返しがきいています。

また、

主に引く弓も安土を的にかけ

は、本能寺が落ちると、次に安土城を攻めさせたことを詠んでいます。地名の「安土」と的山の「垜（あずち）」とを掛け、「引く弓」と「的にかけ」を上手に詠み込んでいます。これは『絵本太閤記』の

三日の早天、光秀下知して、江州安土の城は信長公の居城なれば、早く取らずんばかなふべからず

をふまえたものと思われます。

信長が光秀に最後にあってから三日後に本能寺の変がおこったとして

三日向顔せざれば謀反なり
本能寺三日あはぬが不運なり

「向顔（こうがん）」とは「面会」のことです。本能寺の変がおこるのは六月二日未明のことで、光秀が中国出陣を命じられたのが五月十七日です。「三日」とあるのは誤りで、後で述べます「三日天下」が影響していると考えられます。

【明らかな智】

信長が光秀にだまされたとするものとして、

明らかな知恵に信長たばかられ

があります。「明智」という名前をふまえて「明らかな知恵」としました。言葉の機知がおもしろみです。これをヒントにしたような句も詠まれます。

明らかでない智恵を出す十兵衛

これは「明らかな知恵」を「明らかでない智恵」と否定形にして詠んでいます。「十兵衛」は光秀のことです。後で述べる「三日天下」をからめて、次の句も詠まれています。

明らかな智恵でもたった三日なり

これなどは先の「明らかな知恵に信長たばかられ」という句に対して、ひねくれた人

がコメントを述べたかのような印象を持ちます。また仰々しくというべきか、衒学的というべきか、

三日めは日篇に月の智でも闇

とも詠まれています。「三光」といって日・月・星をあげることがありますが、「明」を「日篇に月」として、三光のうち二つでも暗い闇とするなど、なかなかのものといえましょう。

信長の評価違いについて詠んだ句は

十兵衛でよいにお眼がね違ひなり
十兵衛を取り立てとんだ目に出会ひ

があります。「十兵衛」は光秀のことで、そのままでよいに「日向守」に取り立てたか

らというのです。

　なめかたはゑゝが寺ではごくわろし

という句があります。「なめかた」とは、もともと銭を投げて裏表をいい当てて勝負する賭博のことですが、ここでは、信長が、今川義元のいる桶狭間に向かう途中、熱田神宮で銭の字のない面（鏝面・なめ）が出るか、字のある面（型・かた）が出るかを当てると勝利するという「銭占い」をし、当てたという話をふまえています。「なめかたで織田ほど勝った者はなし」「かたのない智謀熱田のお賽銭」と狂句にも詠まれています。「なめかたは」の句は熱田神社では当たったが、本能寺でははずれた、すなわち光秀に負けたということです。

　両なめの銭は明智（めいち）のはかりごと

という狂句があります。必ず字のない面が出るように細工してあったのは、賢い智恵のはかりごとであった、というのです。物語上は、この細工をしたのは秀吉なのですが、ここではそれを光秀として詠んだのかもしれません。

【将棋】

本能寺の変そのものを将棋にたとえた以下の句があります。

本能寺すてっぺんから王手なり

「すてっぺん」は「てっぺん（天辺）」に接頭語の「す」が付いた言葉で、ここでは最初の意です。最初からいきなり王手、すなわち何もあらがわないうちに負けた様を詠んでいます。「王」はいうまでもなく信長のことです。

駒組をせぬに王手は本能寺

この句も先と同様な内容で、「駒組をせぬ」は駒を並べる前の状態です。陣を整える前、すなわち何もしないうちに負けたということです。

本能寺端の歩をつくひまがなし
端の歩もつかずに負けた本能寺

「端の歩」を突くのは、王の逃げ道をつくるためです。それができなかった、つまりいきなり「王手」で、信長が逃げる間もなく殺されたことをいっています。
どれも将棋にたとえたところが工夫と思います。

【炎上する本能寺】

『絵本太閤記』に

　不意の事なれば、めいめい素肌に太刀に向かふ

とあるのをふまえたのでしょうか

　ふんどしを帯にして出る本能寺

という句があります。急襲にあって、あわてて応戦する様を詠んだものです。

　短いものにまかれた本能寺

「長いものには巻かれよ」（権力者には反抗せず、従うほうが得である）という慣用句をふまえて、「短いものにまかれた」とし、権力者信長がそうでない光秀に負けた様を詠ん

でいます。慣用句をふまえたものには次の句もあります。

城ならで寺をまくらに不覚なり

慣用句「城を枕にうち死にする」（落城のとき、最後まで城に残り、死ぬこと）をふまえており、「寺（本能寺）を枕に」といったところがうまいと思います。

本能寺一旦那（いちだんな）をばむごいこと

「一旦那」は、信徒の中で最も大切な檀家、一番大切な客をいいます。ここでは信長のことです。

おしいこと信長妻戸くるみ焼き

「おしいこと」に関しては、『絵本太閤記』に

天正十年まで、四海の内に横行し、武威をもて天下の兵乱を切り鎮め、民を塗炭の中に救ひ、四方の敵国、その英名を鬼神のごとく恐れふるひ、正二位右大臣に昇進し、大業すでに成就せしを、逆心惟任がために弑せられ給ひしこそ、口惜しかりし次第なり。

とあります。「くるみ焼き」とは、金属板の凹みに、溶いたうどん粉を流しいれ、中に餡を包んで焼いたお菓子です。それを比喩に用いました。「妻戸」は家の両開きの板戸をいいます。深読みすれば、菅原道真の怨霊が比叡山の尊意に願いを聞き入れなかったことに対して、妻戸に火を吹きかけて燃やしたという話の謡曲「妻戸」をにおわせているかもしれません。

【信長の最期】

信長が本能寺で最期をむかえたときに何をいったかなど、もちろん記録が残ってい

るわけではありませんが、

うぬ三日とはと本能寺でまつご
三日たたせぬと炎の中に声

二句ともに、光秀の「三日天下」のことをいっており、最初の句の「うぬ」は先にも述べましたが相手をののしっていう言葉で光秀をさします。「おまえに三日と天下はとらせぬ」と末期（まつご）のときに信長が述べたとします。これは「本能寺」とあるのですぐわかりますが、二句目は「三日たたせぬ」から「光秀の三日天下」が連想できませんと、少々むずかしいと思います。

残念さ本能寺で飲み終わり

「残念さ」と「さ」を付けたことによって、信長の気持ちがよく出ているように思います。

むざんやな兜に薫る蘭奢待

これは芭蕉の「むざんやな甲（かぶと）の下のきりぎりす」をふまえたものです。狂句を嗜む人で、この句を知らない人はほぼいなかったと考えてよいかと思います。「蘭奢待（らんじゃたい）」は正倉院に伝わる香木で、織田信長が、この沈香を切り取った話は有名でありました。この句は木曽義仲のかぶとを詠みました芭蕉の句を想起させるものであり、その結果、「きりぎりす」という、どこにでもいそうな虫と、「蘭奢待」という、希少価値のある香の対比、ともに悲劇的な最期をむかえた武将義仲と信長との対比をイメージさせ、よくできた句だと思います。

【ウマとネズミ】

『絵本太閤記』は次の話を載せます。

（天正十年）正月一日の夜、安土において信長公の御夢に、土の鼠と木の馬と戦ひ、つひに鼠、馬の腹を食ひ破りしかば、その馬たちまちに死にけり。信長公、陰陽頭を召し、夢あはせさせ給ふに、ただただ御慎みのよしを申し上ぐる。今においてこの夢のさまを考ふるに、まさに惟任が叛逆に相応ぜり。信長公は天文三年甲午（きのえうま）の御誕生、光秀が生まれ年は享禄元年戊子（つちのえね）にして、今年五十五歳なり。土の鼠、木の馬を食らひし事、また現に的当せり。

信長が天文三年（一五三四）に生まれたことは定説であり問題ないのですが、光秀が享禄元年（一五二八）に生まれたかは異説があります。しかし、『明智軍記』に「五十五年の夢」とある辞世があり、江戸時代の人たちは、五十五歳のときに本能寺の変をおこしたと思っていた、と考えられます。逆算すると享禄元年の生まれとなります。今でも年賀ハガキが売り出されるころになりますと、来年の干支は何かが話題になり、干支占いがあったりしますが、江戸時代の人は現代以上にそうしたことに関心を持っていたようです。そうしたことを背景に右の話を読むと、実によくできています。また狂句も少なからず詠まれています。

正（しょう）子の刻に本能寺へ押し寄せ

子の刻は、今の零時ころ。実際は違うのですが、きっちり夜中の十二時に本能寺に押し寄せたとしたのは、光秀が子の年生まれだからです。光秀はネズミにたとえられ

手飼ひのネズミ手をくった本能寺

という句が詠まれています。光秀が信長を襲ったという意味です。目を掛けて養った部下を「手飼いの者」といいますし、慣用句に「飼い犬に手を噛まれる」（目を掛けた人から害を受ける）があります。それをふまえての句です。

本能寺窮鼠かへってとんだこと

これは慣用句「窮鼠（きゅうそ）かえって猫を噛む」（弱い者でも追いつめられると強者に立ち向かう）をふまえています。意味は前掲句と同じです。

むろんネズミだけでは光秀とはならず、本能寺などとあわせて詠まれますが、

子の年でいたづら者が天の下

は「天の下」から、この「子の年のいたづら者」が光秀とわかります。

また信長が午（馬）年生まれであることと、先にあげた信長の夢との合わせ技で

丹波のねづみ京へ出て馬をくい

は、光秀のおさめた丹波国と本能寺のある京が対となっているおもしろみです。

窮鼠かへって馬をはむ本能寺

は、慣用句「窮鼠、猫をかむ」をふまえて「窮鼠、馬をはむ」としたところがおもしろみです。また

十兵衛が馬をのんだは本能寺

の「馬」も信長と考えられますが、「のむ」がありますので、「馬盥」の話もにおわせているかもしれません。

馬盥の水を桔梗がすひあげる

これは、表面的には、馬盥（うまだらい）に入れられた桔梗が、その水を吸い上げる、という意味です。馬盥は、馬を洗うのに用いる大きな盥のことです。「馬盥」の「馬」

は信長、「桔梗」は光秀を指し、信長の天下が光秀に奪われたことを詠んでいます。これは歌舞伎の『時今也桔梗旗揚』をふまえたかと思われます。この演目は「馬盥の光秀（ばだらいのみつひで）」ともいわれました。信長に意地悪され、光秀が馬盥に入れた酒を飲む場面があります。「桔梗がすひあげる」とは、光秀が馬盥の酒を飲むことをいっているわけです。またこの演目では、馬盥に錦木が活けられており、光秀の妹「桔梗」も登場します。このこともにおわせていそうです。また

ちくしやうめなどとネズミを馬はいい

と詠まれています。これも歌舞伎「時今也桔梗旗揚」をふまえたかと思われます。この中で、信長が光秀に「たった三日でも扶持を与えれば、牛馬や犬といった畜生でも恩を感じる。まして人なら当然だが、尾がないので、残念ながら畜生のように振れない」といったことを述べる場面があります。これをふまえたものと思われます。

【七つ目】

今ではご存知の方も少なくなりましたが、かつて自分の干支から数えて七番目の干支を絵にして身近に置くと幸運を招くと信じられていました。これを「七つ目の干支」といいました。武将の兜の前立てが十二支のいずれかであるときは、そのことをまず考えてみる必要があります。

さて、繰り返しになりますが、光秀は子（ね）年生まれ、信長は午（うま）年生まれで、「子と午」が組み合わせになります。そこで

わるい御（おん）夢七つ目に巣を食はれ

と、信長は、馬の七つ目のネズミに腹を食い破られた、悪い夢だったとします。また

七つ目もあてにはならぬ本能寺

七つ目もゆだんのならぬ天が下

と、同趣向の句が詠まれています。馬とネズミの関係がわかれば、わかりやすい句です。本来、七つ目のネズミは幸運を招くはずだったのに「あてにはならぬ」「ゆだんのならぬ」存在だったというのです。

【糺の涼み】

本能寺の変がおきたとき、京都の人はどうであったかが

丹波の殿の謀叛だと京騒ぎ

と詠まれています。「丹波の殿」は光秀で、「京騒ぎ」の様子は『絵本太閤記』に次のようにあります。

日向守光秀、今朝未明より本能寺及び二条の城を取り囲み、信長公御父子を討ち奉るとて、鬨の声鉄砲の音すさまじく、禁庭はいふに及ばず、洛中洛外の騒動大方ならず、男女老少東西に走り、南北にさまよひ

狂句のおもしろさの一つは、その詠者の想像力です。

ただすの涼み十兵衛で大騒ぎ

京都の方なら知っていらっしゃる方も多いと思いますが、「ただすの涼み」が押さえどころです。本能寺の変がおこった六月一日の行事ではないのですが、本能寺からさほど遠くなかった加茂神社の糺（ただす）の森の御手洗会（みたらしえ）には参詣者が多く、「ただすの涼み」と称され、多くの人が涼みにやってきます。それが本能寺の変で大騒ぎになっているというのですが、光秀が攻め込んだ時間帯に多くの人がいたとは思われません。ただし「ただすの涼み」を結びつけるという発想は魅力的だったようで

本能寺じゃといのと涼み大乱

十兵衛涼みにへちをまくらせる

という句も詠まれています。類句といってよいでしょう。先の句の「ただすの涼み」の「ただす」がなくても理解できた読者がいたようです。最初の句の「といの」は「ということですよ」の意で女性がよく用いました。「じゃといの」で京都の雰囲気を出しているところがすぐれていると思います。また次の「へちをまくる」はあわてふためく様の意です。

なお信長の前での宗論に負けた日蓮宗の僧あるいは一向宗の門徒を想定して、次の句が詠まれています。

六月二日いい気味と門徒いひ

【叛乱を聞いた紹巴】

本能寺の変を聞いた紹巴のことを詠んだ狂句も詠まれています。

本能寺さてこそなぁと紹巴いひ

愛宕連歌のおり、光秀の叛意にそれとなく気づいていたことを「さてこそなぁ」と表現したところがおもしろみです。

本能寺紹巴横手をはたとうち

この句の「横手を打つ」は思い当たったりしたときの動作です。後で「あれはこういうことだったのだ」とわかったということで、その時には気づいていなかったことを示しています。

紹巴が胸にきんやりと本能寺

心配してはらはらどきどきすることを「きいやり」といいました。「きいやり」と「きんやり」は同じ意味です。したがってこの句は、本能寺の変を聞いて、はらはらどきどきする紹巴のことを詠んでいます。

あめが下紹巴もやはり日和を見

これは、愛宕連歌の光秀の発句「時は今天が下しる五月かな」から言葉をとり、表面的には雨が降るもとで日和を気にしているとし、その一方で天下が誰のものになるかを気にしているという意味です。紹巴は、後に秀吉に呼び出され、愛宕連歌のことで詰問されますので、その事をふまえて詠んだと深読みすれば、愛宕連歌に一座した自分の今のおかれた状況をふまえ、今後どうなるか考えた、という意もあるかもしれません。

三日ほど紹巴はぶりをしてあるき

後で述べるように光秀は「三日天下」といわれます。それを受けて「三日ほど」とし、光秀の天下の間は、愛宕連歌に同座するなど親しかった紹巴の羽振りがよかったことをいっています。

Ⅳ　三日天下

【三日天下】

短い期間しか権力や地位を保てないことを「三日天下」といいますが、これは光秀が信長を倒したが、わずかな期間（十三日）で秀吉に倒されたという話をもととしています。これまでにとりあげました狂句にもありましたが、「三日天下」のことが、実に多く詠まれています。

まず光秀の発言を想像して詠んだものに

これからはおれがすきだと三日いひ

があります。「すき」は「好き勝手」の意で、「三日」から「おれ」が光秀とわかる句です。類句に

これからはおれがままだと明智いふ

があり、こちらは「明智」と明示しています。

また光秀を評した狂句には

三日でもとられぬものを明智とり

があります。たった三日でもとれないのが天下であるので、それをとった光秀を誉めている句としたいところですが、皮肉ととられる方もおられることでしょう。

骨折りも三日坊主は本能寺

「坊主」と「寺」が縁語です。「骨折り」は苦労すること、三日坊主は、物事に飽きやすい人をあざけっていう言葉です。表面的には、本能寺の坊主は苦労して働くことは三日しかしない、ということになります。むろん「本能寺」とありますから、光秀がらみの句です。慣用句に「骨折り損」（むだな勤労）がありますが、光秀のおこした本能寺の変もそうだというのです。本能寺の縁語もかねて、「三日天下」を想起させる「三日坊主（みっかぼうず）」を用い、光秀を揶揄（やゆ）しています。技巧的によくできた句と思います。

中指を折ると明智はしてやられ

親指、人差し指、中指と折っていくと三日目になります。「中指を折る」と表現したところがうまいと思います。

【桔梗】

先にも述べましたが、『絵本太閤記』に「水色に桔梗の紋の大旗を立てあげ」また「旗は水色に桔梗の紋、叛逆人は惟任光秀なり」とありますように、明智光秀は「桔梗」の紋を用いたため、「桔梗」が光秀の比喩表現として用いられました。

時ならぬ桔梗が咲いた本能寺

桔梗は秋の七草のひとつとされることがあり、その花は秋に咲きます。六月はまだ咲く時期ではありません。ですから「時ならぬ」といいました。愛宕連歌の「時は今」をふまえているかもしれません。

瓢箪の留守に桔梗の花盛り

『絵本太閤記』に

瓢箪を馬印にし、戦功あるごとに小さき瓢を一つづつ増しけるにぞ、千成瓢箪として其の名天下にあまねく高し

とあるように、瓢箪は秀吉の馬印として知られていました。本能寺の変のおりに秀吉

は西国にあり、植物で光秀と秀吉をあらわしたおもしろみがあります。

洛中に桔梗の花が三日咲く
三日草ともいひそうな桔梗

桔梗が光秀であることがわかれば、その三日天下を詠んでいることがすぐおわかりになるでしょう。

槿花より桔梗は二日よけいなり

「槿花（きんか）」は、ムクゲの花を意味するときとアサガオの花を意味するときがあります。ここでは桔梗が光秀を意味するので、三日天下の連想から、桔梗の花は、一日でしぼんでしまうアサガオの花より二日余計に咲いていると考えられます。

桔梗を、染物とからめて詠んだものに

1　紫のむらを奪ひし紺桔梗
2　桔梗をば三日ほどにて染めてやり
3　京染にしても桔梗はじきにさめ

があります。1は信長から天下を奪ったことを暗喩したものです。2と3は、「染め」と「さめ」で、対照的に三日天下の暗喩をしています。2は、「桔梗」の「きょう」に「京」を掛けたととらえることもできましょうか。

また桔梗袋を比喩に用いたものに

1　手ぶつてふ桔梗袋に三日ほど
2　縫ひ習ひ桔梗袋も三日ほど
3　桔梗袋に三日とは持てぬ銭

があります。桔梗袋は、五片の布を縫い合わせ、桔梗の花の形に作った小袋です。1と2は類句で、1の「手ぶっちょう（手不調）」は不器用な人のことです。袋が三日間しか持たなかったのは、不器用な人が作成したとするか、縫物の初心者が作成したとするかの違いです。いうまでもないでしょうが、光秀の三日天下を比喩しており、3の「銭」は「天下」のことです。この他

1　四日目には桔梗の花が三文
2　桔梗の小皿手付けまで三日きり

という句もあります。1の「三文（さんもん）」は安いもの、価値の低いものにいい、かつては「三文判」とか「三文文士（ぶんし）」などといったものです。「四」と「三」の数字でまとめているところがうまいところです。2の「手付け」はお金のことで、「三日きり」は三日を期限とするということです。

【ネズミ】

現代人は、信長が秀吉のことを「猿」とか「はげねずみ」といったことを知っていますが、江戸時代の人たちは、「はげねずみ」についてはどうも知らなかったようです。先にも述べましたが、ネズミは光秀をさすことに用い、

とんだ事ネズミが三日てんになり

という句があります。「三日てん」は「三日天下」によるものでしょうから、「ねずみ」は光秀のことで、びっくりしたことにネズミが三日天下をとった、という意味でしょう。「ねずみ」と「とんだ（飛んだ）」は縁語です。もう一工夫あったと考えますと、三日天下に加え、貂（てん）になった、という意味もこめたかもしれません。鎌倉時代になった『古今著聞集』に

天井にいたちよりも大きに、てんよりもちひさき物の音こそすれ

とありますように、貂は古くから日本におりました。類句に

光秀が得ては三日の天の時

があります。こちらは、愛宕連歌の「時は今天が下しる五月かな」をふまえていると思います。

ネズミが虎に三日なる本能寺

という句があります。先に「手飼ひのねずみ手をくった本能寺」を取り上げましたが、ことばとしては、慣用句「手飼いの虎」（飼い猫のこと）をふまえたかもしれません。先にあげました「丹波のねずみ京へ出て馬を食ひ」について室山源三郎氏は「光秀（小さな鼠）は信長（大きな馬）の家臣であったから、それもきかせていよう」（『江戸川柳の謎解き』社会思想社、一九九四年、一七頁）とされるのを参考に、少しふくらまして訳し

ますと、本来ねずみのように小心で小さい存在だったのが、本能寺の変以後三日天下をとり、どう猛で大柄の虎のようになった、となりましょうか。中島敦『山月記』を思い浮かべてしまう句です。

先にも浄瑠璃や歌舞伎のことにふれましたが、「ねずみ」のイメージにも関係しているのではないかと思っています。仙台藩のお家騒動を題材にした歌舞伎「伽羅先代萩(めいぼくせんだいはぎ)」をご存じでしょうか。中心的役割をなす「仁木弾正(にっきだんじょう)」は、ねずみの化身という設定です。光秀も仁木弾正も主君の裏切り者のイメージがあります。

ただしネズミはいつも悪いものとは限りません。「白ねずみ」は大黒様の使者とされます。

たつた三日のうち白ねずみになり

『絵本太閤記』に

京中の地下一に金銀を散じ与へ、かつ永代地子銭免除せしむるの旨沙汰しければ、洛中洛外の商賈はさらなり、近郷近村の農民まで、ありがたきおもひをなし、皆万々歳を唱へ、悦ぶ事限りなし。また幕下の郎等将士には、感状及び太刀薙刀駿馬金銀衣服の類、山のごとく与へければ、上下おしなべて悦びける。

とあり、こうしたふるまいを「白ねずみ」であらわしたところはうまいと思います。

三日目に光秀市はさかへたり

は、金銀を与えた結果、市が栄えたといっています。

【京の反応】

光秀が京都の人々に金銀等をふるまったことに注目して

洛中へ慈悲は三日の口ふさげ

と詠まれています。「口ふさげ」には「非難や文句などを言わせないようにする」意味がありますが、「三日」は「わずか三日の短期間」といった意味でしょうから、「軽い食事や菓子の類」をいっているかと思います。光秀の慈悲も「口ふさげ」のように軽く終わってしまって残念だといっているのでしょう。また

四日目京でおしがる明き地出来

「明き地」は「空いている土地」のことで、表面的には、空き地が出来て残念だとなりますが、「明智」をふくませて、三日天下でおわって惜しいことだ、という意味でもあります。

三日咲く桔梗を誉める京の町

表面的には、桔梗の花を誉めているのですが、「桔梗」は光秀、「三日咲く」は三日天下を意味し、京の町では光秀を誉めたということになります。

洛中は光秀信士とぼすなり
慈悲はしやうもの洛中でいひ出し
今以て三日にあけず京でほめ

と京都の人は明智を歓迎していたとの句が詠まれます。

丹波の庄屋正月を三日触れ
三日正月を丹波の庄屋ふれ

この二句は、光秀がおさめていた丹波国の歓迎ぶりを詠んだものでしょう。

光秀は「日向守」であったので

ときあかり三日日向を照らすなり
十兵衛日向へたった三日出る

と詠まれています。「ときあかり」は先にも述べましたが、「とき」に「土岐」をかけていて、光秀のこととわかります。今ですと「脚光をあびる」というのでしょうが、三日間、天下をとり、日の当たる存在であったことを詠んでいます。国名の「日向（ひゅうが）」を「日向（ひなた）」と取り直したところがおもしろみです。さらに

四日目は明智日かげの守になり
三日目は日かげの守りて逃げるなり

と、三日天下の次の日には「日向守」ではなく、「日かげの守」「日かげの守（も）り」

になったとしたところがおもしろみです。

V　光秀の最期

【山崎の合戦】

「山崎」は、光秀が秀吉と戦って敗れた地です。それは以下のように詠まれました。

山崎をこうべをかかへネズミにげ
ほうほうにわたしのあたり明智にげ

「こうべをかかへ」は困った様子で、絵にもえがかれる滑稽なさまでもあります。二句目は慣用句「ほうほう（這う這う）の体（てい）」（さんざんな目にあって、やっとのことで逃げる様）をふまえています。どちらも光秀の敗走の様子を笑いものにしています。なお「わたし」は船着き場のことで、山崎のあたりは今も桂川、宇治川、木津川が流れています。

山崎をネズミのごとくにげるなり

山崎のほとり秀吉ネズミ狩り

先に述べたように光秀は「ネズミ」にたとえられます。そのことがわかっていればわかりやすい句です。後の句は「ネズミ狩り」としたところが工夫といえましょう。

四日目ははやひ因果の廻りやう
四日とはたち廻らせぬ主のばち

ともに主殺しを詠んでおり、はやくも四日目にはその罰があったことを詠んでいます。
この二句は「因果の廻り」ですが

明智越へとかく道には迷ふとこ
道が違って山崎も通られず

は、ともに非道なことをした、という視点で詠まれた句です。「明智越へ」は光秀が敗走していることをいっています。主君殺しを、観念的な道に迷った結果とし、敗走中は実際の道に迷ったとするおもしろみです。また次の句は非道を「道が違って」と表現しているところがおもしろみです。

光秀と長田かつげは棒が折れ
光秀と長田ならびにしなのもの

「長田」は、源義朝を湯殿でだまし討ちした長田忠致のことです。「棒を折る」は中途で投げ出すことですが、「棒がおれ」は天下を維持できないことをいっているのでしょう。「しなのもの」は田舎者のことをいいます。

こうした狂句があることをふまえますと

山崎の戦い天のなすところ

は、非道なことをしたから天罰がくだされ、秀吉に負けたということをいっているのでしょう。山崎にある天王山が勝敗の分かれ目の地で、今日でも天下分け目の戦いといった意味で「天王山」といいます（図5）。その天王山の「天」もにおわせているかもしれません。

今日、山崎は、飲酒される方にはサントリーのウィスキー蒸留所があることで知られる地でありますが、かつて山崎は、歌舞伎・文楽の「仮名手本忠臣蔵」や落語「中村仲蔵」で山賊「斧定九郎」が登場する地として知られていました。定九郎に殺されて五十両の大金を奪われたのが、山崎街道を急ぐ「与市兵衛」です。「伝」が付きますが「与市兵衛の墓」も京都府長岡京市にあります。

与治兵衛が門を光秀逃げるなり
与治兵衛が門を光秀やっと逃げ

「与治兵衛」は「与市兵衛」のことです。山崎街道を敗走していることを「仮名手本忠臣蔵」を持ち込んで詠んだところがおもしろみです。

引き返しの幕で明智はしてやられ

「引き返しの幕」は明らかに歌舞伎をふまえています。

なお、それを証する確かな資料はないようですが、大石内蔵助良雄は光秀の子孫であるともいわれます。

【小栗栖】

光秀は、小栗栖野を敗走中、藪越しに百姓中村長左衛門に鎗で突き通され、それがもとで死にます。狂句を詠む人にとって「小栗栖」は、光秀が鑓に刺された場所であり、この刺されたことは、とても多く詠まれています。

身を捨てる藪へ光秀うかと行き
まづ最初明智藪蚊の鑓もくい

はじめの句は「子をすつる藪はあれど、身をすつる藪はなし」（窮すれば最愛の子でも藪に捨てるが、自分の身は捨てられない）ということわざをふまえています。「うかと」や「藪蚊の鑓」といった表現におかしみがある佳句だと思います。

小栗栖を通る時分にたんば色

先にも述べましたが、「たんば色」は真っ青になった顔色をいうとともに、光秀のおさめた「丹波」を掛け、敗戦で光秀が真っ青な顔色をしていることをいいます。
突然であるさまを「藪から棒」といいますが、その文句を用いて

藪から棒の御最期と明智方
藪から棒の出たとこは小栗栖

と詠んでいます。突然という意味と、実際に藪から棒が出てきたことを掛けていると
ころがおもしろみです。しかし、本当は棒ではなく鎗であったので

鎗の出た藪は小栗栖ばかりなり
藪からは棒よりひどい鑓が出る

と詠まれています。また

せめて藪から棒なれば落ち延びる
せめて藪から棒ならばと明智いひ
藪から棒なれば光秀逃げ延びる

は類句です。藪から出たのが鎗ではなく、ただの棒であったら落ち延びて死ななかったのに、という意味です。

1　小栗栖の桔梗を倒す鑓ん坊
2　藪に散る桔梗も時の不仕合せ
3　寺で咲く桔梗の花は藪で枯れ

は「桔梗」が光秀であることがわかればすぐ理解できます。1は「鑓ん坊」という言葉がおもしろみです。2は「時の不仕合せ」は時機にめぐまれなかったといっているようで、光秀に若干の同情があるように思います。3の「寺」は本能寺で、「寺で咲く」と「藪で枯れ」の対句がうまいところです。また

小栗栖の竹槍道にそげた罰

は、先に述べたように光秀の主君殺しは道にはずれたこと、と考えられたことをふまえればわかりやすいです。「竹槍」に注目して

　光秀を素人細工に殺すなり

という句があります。「竹槍」を「素人細工」としたところがおもしろみです。

　そぎ竹に身を突かれてる藪桔梗

「そぎ竹」先端を斜めに削った竹です。
小栗栖に在住の、武士ではない者に刺されたことに注目して

　1　数ならぬやつらに明智しめられる

２　竹槍の脾腹をゑぐる米俵
３　どてっぱら鑓で突く日向米
４　竹槍で縫ふ小栗栖の茅屋葺

と詠まれていいます。１は「しめられる」と表現したところがおもしろみです。２は「米俵」とあることによって、鎗で刺した人を百姓とわからせているところがうまいです。３はさらに光秀が「日向守」であったことをふまえており、技巧がすぐれているといえましょう。４は光秀を竹槍で刺した小栗栖の住民ならば、住まいの茅葺き屋根を竹槍で縫うだろうと想像したところがおもしろみです。

竹筒にさした桔梗も三日咲き

これは単なる俳句ととることも可能でしょうが、竹槍に刺されて終わった光秀（桔梗）の三日天下のことを詠んだととらえるべきでしょう。

鎗梅の花小栗栖の藪へ咲き

「鎗」と「小栗栖」から光秀のこととわかります。「鎗梅」は歌舞伎の道具として用いられた鎗で、梅の花があしらってあります。「梅」と「藪」の対が技巧です。

藪入りは明智が代ほど栄花する

「藪入り」は、正月と盆に奉公人が自家に帰ることで、もともとは藪の中のように草深い田舎に帰るという意味です。光秀が殺されたのは、正月でも盆でもないので、「藪入り」の「藪」と「栄花」の「花」が対になるところがねらいだったと思います。

『雄長老狂歌集』に

竹の子を盗まれしとてする警固藪から棒をつきたいて持て

とありますように、竹の子を盗まれない警固のためを棒持っていたことをふまえて、

竹の子を盗んだやうに明智され
竹の子を明智盗んだよふにされ

と詠まれています。

弔に竹の子食った十兵衛

竹槍を「竹の子」とし、「食った」は「竹の子を食べる」と「鎗でさされる」とを掛けています。「弔」は信長の弔いです。

藪にも功の者明智を殺し
光秀を突いたは藪に功の者

「藪にも功の者」とは、草深いところにも立派な者がいる、の意です。主君殺しの光秀は悪者で、それを竹槍で突いた者は立派だというのです。

三日ころりの討ち死には明智也
たった三日にてころりと山椒味噌

はじめの句の「ころり」は、たった三日でたやすく死ぬことを意味しています。後の句にある「山椒味噌」は山椒の果皮などをすりつぶしたものをまぜた味噌で、「ころり」は、たやすく死ぬさまと、山椒味噌の丸まった様を掛けています。

四日目は地獄落としに引きかかり

「地獄落とし」はネズミ取りの一種で、ネズミが罠にかかって死ぬように、光秀も死んだことを意味します。地獄落としからネズミを連想させ、さらに光秀を連想させるという上手な句です。

占いの視点で詠まれた狂句があります。天下をとるもすぐに殺された光秀を

十兵衛はきうせん筋に天下筋

と詠んでいます。「きうせん（弓箭）筋」は、手相のひとつで、刀などで殺傷される「剣難の相」とされます。「天下筋」は天下をとる相です。

手のすじのよいとわるいは明智なり

これも手相で、信長を滅ぼし、天下をとったことは「よい」、三日天下だったことは「わるい」となります。

福来る則死すは明智なり

も類句といえましょう。

　いい相のちっとあったは明智なり

光秀にも良い相が「ちっとあった」といったところがおもしろみですが、ちっとしかなかったために三日天下となりました。

【猿の勝ち】

　藪の中竹もて栗を突き落とし

という句があります。「藪」と「竹で突き落とす」があるので、「栗」は光秀と考えられます。延喜式の時代から丹波は栗の名産地でありました。この句の栗もそれによります。光秀の刺された場所が「小栗栖」であったこともにおわせているかもしれません。また「丹波栗」は「父打栗（ててうちぐり）」ということから

主も打父打つ栗も出る所

と詠まれています。「主（ぬし）も打つ者」も「父打栗」も出所は丹波だというのです。

丹波栗猿が出て来て根をたやし

「丹波栗」はむろん光秀のことです。「猿」は秀吉で、猿が栗を食べるのは自然なことですが、「根をたやし」に光秀の子孫を絶やした意をこめたところがおもしろみです。なお光秀の子孫と称する人は後世に多く出て、坂本龍馬も先祖は光秀だとされることがあります。

猿に追はれた小栗栖の濡れネズミ

この句の「猿」も秀吉で、「濡れネズミ」は光秀です。

桔梗より盛りの長い百日紅

は「百日紅（さるすべり）」の「さる」に秀吉の意を掛けています。「猿」のほかにも秀吉を示すことばがあります。

炎天に桔梗は枯れて瓢のび

「瓢（ひさご）」は秀吉を意味します。先にも述べましたが、瓢箪は秀吉の馬印でした。「桔梗は枯れて」は光秀が死んだこと、「瓢のび」は秀吉が勢力を伸ばしたことをいいます。

桔梗へさした竹の手に瓢のび
小栗栖の竹を手にして瓢のび

は、どちらも小栗栖で光秀が竹槍でさされたことを意味しています。

四日目は桐の威風に散る桔梗

「桐」は関白になった秀吉が用いた紋です。「桔梗」は光秀で、三日天下であったことを「桐の威風に散る」と表現しました。類句に

三日咲く桔梗をちらす猿の智恵

があり、慣用句「猿知恵」（こざかしい知恵）を使用して技巧がありますが、「四日目

〜」の句のほうがうまいと思います。

『絵本太閤記』に、光秀は山崎の合戦の前うろたえていて、洛中洛外の町人らが献上した粽を皮ごと食べた話が載ります。それをふまえた

笹くるめあはて粽を食ふネズミ

狂句があります。粽は笹にくるまっているが、ネズミがそれをあわてて笹ごと食べたとします。むろんネズミは光秀のことです。

粽くふネズミは猿にしてやられ

「粽くふ」があるのでねずみが光秀とわかります。猿（秀吉）に「してやられ」たとしたところがおもしろみです。

光秀にたたませてから跡をしめ

「たたませる」は片づけるの意味で、その跡を自分のものとした、というのです。「跡をしめ」たのは秀吉です。「跡をしめ」といい、先の「してやられ」といい、秀吉はどこかずるい印象を持たれていたようです。

取り逃げをしたやろうめと明智いひ

天下を取り逃げしたのが秀吉のやろうだと、光秀が怒っている、という句です。

あいつめはもと黒鴨と明智いひ

大家に出入りした従僕などが黒い上着などを着ていたことから、「黒鴨（くろがも）」といわれました。ここでは秀吉がもともとは信長の従僕であったことをいいます。

信長を滅ぼした光秀を討った秀吉が、信長にそれを報告したことは

桔梗を折って亡君の手向けにし
亡君へ桔梗を折りて手向草
御墓所へ猿は桔梗を備へたり

と詠まれています。繰り返しになりますが「桔梗」は光秀のことです。はじめの二句は同趣向で、「亡君」は信長です。

秀吉は、信長の草履取をつとめた話から

草履取桔梗の花を墓へ上げ

という句もあります。

いい寺を一度明智はしてもらひ

賭博をして寺銭をあげることを「寺をする」といいました。本能寺の変を賭博ととらえ、それに勝って一度は天下をとったことをいいます。こうしたことから連想したのでしょうか、

明智へでんぼう三日は天下なし

という句もあります。無法なふるまいをすることを「伝法」といい、江戸浅草の伝法院の寺男たちの無銭飲食に由来します。また

寺をしてもらって明智又とられ

は、賭博で一度はとった天下を秀吉にとられたことを詠んでいます。

秀吉は明智に寺をしてもらひ
藤吉が智恵十兵衛を御先にし

は、秀吉の立場で詠んだ句です。

Ⅵ　紹巴の後日談

【後日談1】

「愛宕連歌」に関しては後日談があります。まずは『常山紀談』をあげます。先にあげたところから続いて、以下のようにあります。

秀吉既に光秀を討ちて後、連歌を聞き大きに怒りて紹巴を呼び、「天が下しるといふ時は天下を奪ふの心現はれたり。汝知らざるや」と責めらるる。紹巴、

「その発句は天が下なるにて候」

と申す。

「しからば懐紙を見せよ」

とて、愛宕山より取り来て見るに「天が下しる」と書きたり。紹巴涙を流して、

「これを見給へ。懐紙を削りて天が下しると書き換へたるあと分明なり」

と申す。みな

「げにも書きかへぬ」とて秀吉罪を許されけり。江村鶴松、筆とりにて、「天が下

しる」と書きたれども、光秀討たれて後、紹巴ひそかに西坊に心を合はせ、削りて又はじめのごとく「天が下しる」と書きたり。

「天が下しる」ですと「光秀が天下を治める」の意になりますが、「天が下なる」ですと「雨の下である五月」の意で、ただの五月雨の風景になります。

次にあげる『絵本太閤記』が物語として完成度が高いのですが、『常山紀談』には注目すべき記述があります。それは「紹巴ひそかに西坊に心を合はせ」とあるところです。

繰り返しになりますが、愛宕連歌は祈祷連歌と考えられます。祈願する先は愛宕権現であり、場所は愛宕山の西坊（威徳院）です。とすれば、光秀の発句（祈願）を愛宕権現にかわって受けるのが西坊（威徳院）の主である行祐です。したがって脇句を詠んでいます。先にもあげましたが発句と脇句は以下のようにあります。

時は今あめがしたしる五月哉　光秀
みなかみまさる庭の夏山　行祐

紹巴だけでなく行祐も光秀の本意に気がついていた、と考えられたから「心を合はせ」

ということになったのでしょう。毛利家に対しての戦勝祈願なら、毛利軍より明智軍がまさる、という意なのですが、実は「源氏である光秀が、平氏の信長にまさっている」という意と解釈する人もいます。

【後日談2】

以下に少々長くなりますが『絵本太閤記』の意訳をあげます。

去る五月二十八日、光秀、愛宕山に登り、西の坊威徳院で連歌を興行し、発句は光秀で

時はいま天が下しる五月かな

これは、光秀が信長公を討って天下をおさめる事を祈った句なので、京都の人々はもっぱらこの句を評し、また紹巴が光秀のかわりに詠んだ句であると、ささやく者も多かったので、紹巴はこれを恐れ、光秀が山崎で滅亡したと聞くと、ただちに愛宕山に馳せ登り、威徳院に入り、

「前の懐紙をちょっと見せてください」

と所望し、傍らに退いて、発句の「しる」という文字を小刀でこっそり削り、その上にもとのように「しる」という文字をかいて、何もなかったように返却し、自若として帰宅した。そうしたところ案に違わず、秀吉はこのことをお聞きになって、たいそう怒り、

「紹巴は、お亡くなりになった信長公が特別にお恵みなされた者なのに、このような道にはずれた振る舞いをしてよいものか」

と、直接紹巴を召し出して、叱責しておっしゃるには、

「紹巴入道、おまえは信長公の厚恩を蒙った者なのに、光秀に与して、愛宕山で「天が下しる」という発句を代作したというが、これは光秀が天下をおさめるべきであるという意を含み、信長公を呪詛したものである。たとえ光秀が詠んだ句であったとしても、おまえは連歌の達人として、このような句意を悟らなかったということがあろうか。信長公へ訴えもせず、ついにおなくなりになったので、おまえは光秀と同罪であろう。陳謝することがあるなら、きちんと述べよ」

とおっしゃったので、紹巴はかしこまって

「これは驚き入ります仰せです。大恩ある信長公に何の恨みがあって呪詛などしましょうか。又どういうよしみで光秀に力をよせましょうか。さる五月二十八日、愛宕山で光秀が連歌興行するというので、何も考えず参りました。もちろん光秀は連歌堪能の人ですので、自分に代作させるはずありません。またその時の発句は「天が下なる五月哉」でありました。おっしゃる通り「天が下しる」とございましたら、どうしてそれに付けたりいたしましょうか。このことはきっと自分に偏見を持っている者が讒言をして、失脚させようとしたからだと思います。あの愛宕山にある懐紙を召し寄せられ、ご覧になって御詮議ください」

と申し上げると、秀吉は愛宕山に人をつかわして、その懐紙を取り寄せてごらんになると、まさしく「天が下しる五月哉」とあるので、秀吉は眼を見開いて、

「どうだ紹巴、今は何と申し開く。これを見よ。「天が下しる」と書いてあるぞ。この証拠があるのを知りながら、すこしでも難をのがれようとして、秀吉をたぶらかそうとするなど心安くないことだ。前は流罪にと思っていたが、今度は首を

剣ねることにする」

とお怒りであったが、紹巴は少しもさわがず、袖をかきあわせて
「どうして自分は、これほどまでに人に憎まれるのでしょう。先に「天が下なる」と書いてありましたのを、文字を削って「しる」という文字に書きかえています。これをご覧ください」

といって、懐紙を差し出すと、御前にいた人々、おのおののぞき込んで、

「確かにこれは疑いもなく、削って書いた痕跡がある。ほんとうに紹巴が申すように、讒者のしわざに違いない」

といって、秀吉にご覧になっていただくと、秀吉はつくづくとみて、まったく言葉を発せず、しばらくして
「紹巴、おまえは才智賢い人だ。述べたことは証明されたので、死罪をゆるし、長期間京都の地から追放するので、はやく出立せよ」

と命じなされた。紹巴はあやうく虎口をのがれ、拝謝してそこを立ち退いた。本当に紹巴の才覚は人を超えたすぐれたものである。「しる」という字を削って「な

る」という字を書くのではなく、もとの「しる」と書いたので、罪人として縄目を受けて死刑になるのを免れ、そののちは江州に赴き、三井寺に蟄居した。

切羽詰まった状況の中で、助かるべく策を考え行動する紹巴は魅力的であり、しかもその策が、「しる」を「なる」とするのではなく、「なる」を「しる」としたとする策は意外性があり、見事です。『絵本太閤記』は説明的でわかりやすいですが、若干の説明を加えたいと思います。

【代作】

愛宕山での連歌の話は、まず「光秀が謀叛の意を込めた」ということと、それを紹巴はわかっていたということが前提のものです。『常山紀談』のように短くまとめるには、この二つで十分なのですが、『絵本太閤記』は、さらに「紹巴の代作」という風評を付け加え、紹巴の恐れを大きなものとして話をもりあげていきます。

現代であれば、子供の宿題の作文などを、親がかわりに書いたりすれば問題でしょうが、連歌で発句などを連歌師が代作することは珍しいことではありませんでした。特に何かを祈願することを目的におこなわれる連歌で、願主の発句を連歌師などが代作することはよくあることでありました。したがって光秀の発句を紹巴が代作したというのは、この連歌全体を知らない人にとって納得できることでありました。しかしながら、代作は発句など一句のみが原則で、その代作された人の句数は、一座した連歌全体の中で一句しかありません。愛宕山の連歌で光秀は十五句も詠んでおり、これは代作など必要がない連歌の力量があったことを示しています。『絵本太閤記』では

光秀連歌堪能の人に候へば、それがしに代句致させ申すべきやうもなく候。

と、紹巴は秀吉に述べ、代作の件に関してはそれ以上追及されません。

【削るということ】

江戸時代の本が、古書市場に出ることがあります。もとの持ち主の名前が消されていることがあるのですが、その場合、三つの消し方があります。一つは墨で塗りつぶ

して見えなくする。二つ目はその箇所を切り取る。そして三つめが削りとられている。すなわち削り取るという方法は、一般になじみのある方法であります。

連歌懐紙を小刀で削ってその上にあらためて「しる」という字を書いたということに関しては、今、学校教育の習字で使用する半紙しかイメージできない方には、理解しがたいかもしれません。しかし、当時の連歌の清書用の紙は「鳥の子紙」といった類のものを使用し、厚手で、少々表面を削ったぐらいでは破けたりしません。

【後日談の狂句】

今風にいえば、「紹巴の危機管理」は、狂句を詠む人たちにとってお好みであったようです。

お差し紙紹巴はへへんそうだろう

「お差し紙」とは、被疑者などを呼び出す召喚状のことです。「そうだろう」とあるので「へへん」は、強がりをいったり、相手を小馬鹿にしたときに発する言葉と考えてよいでしょう。お差し紙を受け取った紹巴が「そんなことはわかっていた、その対策はしてある」という不遜さを詠んだものと思われます。「お差し紙」と「紹巴」から愛宕連歌に関することが連想できるほど、その知識は、狂句を詠む人々で共有となっていたのです。

四日目に愛宕の額をひつはづし

は、光秀の三日天下をふまえ、「額」とはあるが連歌のことを詠んでいると思われます。

もとにあった文字を消して、書き直すのではなく、同じ文字を書いたということに

消して又あめが下しる五月とは

と詠んだ句があります。「とは」で感嘆をあらわしているのですが、その後にどのような評価をお考えになるでしょうか。この句の詠者は、すなおに「お見事！」と紹巴を誉めているように思われますが、もう少し突っ込みをいれた句もあります。

1　皐月の紹巴しなよく書き直し
2　定家まだ知らぬ紹巴の仮名遣
3　削るとは紹巴が智恵のカンナ文字

1は「しなよく」と表現したことがおもしろいところです。2は、江戸時代に広く知られていた「定家仮名遣い」をふまえ、紹巴のおこなったことを「紹巴の仮名遣」としたところがおもしろいところです。3は「削る」の縁から「鉋」(かんな)を出し、「仮名文字」と掛詞にしたところがうまいところです。「智恵」とあるところに、紹巴のしたことを認めている印象があります。なお「智恵」としたものに

植え替えた五月我が身の枯れぬ智恵

があります。この「五月」は植物のサツキで、月名も掛けていましょう。園芸を楽しまれる方なら、植物が枯れたりしないために「植え替える」ことがあることはおわかりになられるでしょう。「植え替え」「サツキ」「枯れぬ」の縁語仕立てでよくできています。深読みすれば「植え替え」に「上替え」、つまり光秀から秀吉に、といったニュアンスが読み取れるかもしれません。また

削った上と言ひわけもたつ紹巴

という句もあります。江戸時代、大工が「削る」を「酒を飲む」の意で使いはじめたとされます。それで「削った上」が「酒に酔った上のこと」という意を掛けたことになります。今日では、酒に酔っていたといっても許されませんが、昭和時代までは「酒

の上の事だから」と許されることが多かったです。

わが罪を削り紹巴は又その字
知るを削って知ると書き知らぬふり

はじめの句は、削った文字を「わが罪」としたところがうまいところです。次の句は「知る」「知る」「知らぬ」というリズミカルな言葉遊びが見事です。「言いわけ」「罪」「知らぬふり」などは、紹巴を責める印象を持ちます。これに対して

書きかへて濡れ衣を干す五月雨（「干す」を「着ぬ」とする句もあり）

という句もあります。平安時代になった歴史物語『大鏡』（二）に
あめの下かはけるほどのなければやきてし濡れ衣ひるよしもなき
とありますように、「濡れ衣」は「無実の罪」の意です。「五月雨」から「濡れ」を連

想してての句です。

先に紹巴の第三「花落つる池の流れを堰き止めて」をあげましたが、この「流れを堰き止めて」をふまえた句もあります。

せきとめず置くと紹巴も流れの身

このまま何もしないと流罪となる、と危機感を持った紹巴を詠んでいます。

筆のしがらみせきとめた紹巴の身

「しがらみ」はもともと水流をせきとめるものですが、ここでは身を束縛するものの意で、「筆」は愛宕連歌の発句のことです。削り取って、同じ文字を書いた策略がうまくいったことを堰き止めたとしました。「せきとめ」からの縁で「しがらみ」を出しただけでなく、それに「筆の」を付けたところがうまいところです。

せきとめて紹巴濡れ衣すすぎあげ

罰せられようとするのを防ぎ、無実の罪であることを明らかにした、という意でしょうが、本来「濯（すす）ぐ」は汚れものを濯いできれいにするの意であり、「濡れ衣」とはありますが、実は罪を犯している印象を与えています。

紹巴の申し開きの行われた時期は、本能寺の変の後のことなので、すでに五月のことではないのですが、光秀の発句が共通認識でありましたから、狂句では

五月雨に濡れぬは紹巴ばかりなり
五月闇はれる紹巴が申し訳
申しわけ立って紹巴が五月晴れ

と、「五月」が句の核になる言葉になっています。また

紹巴不運と御笑ひでことは済み

とも詠まれています。「御」を尊敬ととると、「御笑ひ」は秀吉の行為でしょうから、秀吉が「何かと不運だったな」と紹巴に笑って事が済んだ、という意味でしょう。

Ⅶ　光秀の妻

【光秀の妻】

本能寺の変をおこした光秀は歴史上存在した人ですが、物語上の人物でもあり、光秀について知りたいときは、伝えられることのうち、何がよい資料に裏付けられ、何がそうでないかの仕分けが必要です。光秀の妻についても同様です。確かな資料に裏付けられることはあまりに少ない人ですが、ある物語だけはよく知られていました。光秀のために、自らの髪を切って売った話です。

この話は、歌舞伎『時今也桔梗旗揚』でとりあげられています。光秀に、これでもかこれでもかと恥辱等を与える信長（劇中名は「春永」）は、光秀に黒髪の入った白木の箱を渡し、人々のいる前で、かつて越前の国にいた光秀が貧乏であったおり、客をもてなすため光秀の妻がおもてなしの費用を捻出するために髪を切って売った過去を暴露して、笑いものにします。

髪を切って売った話は、歌舞伎が初出というわけではありません。

【芭蕉の俳文（初稿）】

平成もお開きにならんとする春、小笠泰一氏から、「芭蕉の真筆?」と、次の俳文の記された一幅のカラーコピーをお送りいただきました。

将軍明知が貧のむかし、連歌会いとなみかねて侘侍れば、其妻ひそかに髪をきりて、会の料にそなふ。明知いみじくあはれがりて、いで君、五十日のうちに輿にものせんといひて、頓て云けむやうになりぬとぞ。

月さびよ明知が妻のはなしせむ　　ばせを

又玄子妻にまいらす

前書きを意訳しますと

将軍明智光秀が、まだ貧乏していた昔、連歌会を催す費用がなく、つらい思いをしているので、その妻が光秀に内緒で髪を切って売り、連歌会の費用を準備した。光秀はたいへん感激して、「あなたを、五十日のうちに身分の高い人が載せる輿に乗せられるよう、これから努力して出世する決意をした」といった。やがていった通りになった。

となりましょうか。ここでは「あはれ」という言葉にもともとあった「愛情」を含んだ意でとりましたが、江戸時代、「あはれ」は「悲哀」を意味することが多いので、「あはれがる」を「かわいそう・気の毒に思って」の意のほうが、いわば「上から目線」のものいいになり、当時に即したものになるかもしれません。

「将軍」とあることに違和感がある方もおられるかもしれませんが、『絵本太閤記』に「惟任日向守将軍宣下」とあるなど、光秀は「将軍」になったと考えられていました。また現行の歴史の教科書などでは「明智光秀」と表記し、「明知光秀」とは表記しませんが、江戸時代には「明知」と表記する文献は少なくありません。

富山奏氏は、「真蹟にもとづき、且つ、その体裁も真蹟の姿を尊重し、その折の感動を伝えるように努めた」とし、「明智」と表記しています（新潮日本古典集成『芭蕉文集』）。富山氏は、ご覧になった真蹟については記していませんが、『芭蕉図録』等に載る写真を原本とされたのなら「明知」とあります。

なお、光秀の素性についてはよくわからないことが多々あるのですが、その出身地とされる岐阜県のことなので、由来はともかく、「明知鉄道」に「明智駅」があることは書きとどめておきたいと思います。

【光秀妻照子が髪を売る話】

オー・ヘンリーの代表作「賢者の贈り物」（The Gift of the Magi）は、日本でもよく知られた作品なので、貧しい家庭の女性が夫のために髪を切って売る、ということには既視感があるかもしれませんが、黒沢明監督『羅生門』でも描かれていたように、日本でも古くから女性の髪は、「髢（かもじ）」といった商品になりました（図6）。

連歌会のために、光秀の妻照子が髪を売った話は、太田南畝『一話一言』（巻十五）に載る「〇光秀の事」にも見られます。これは少しばかり長いので、関連個所をあげることにします。なお原文は漢字カタカナ交じりの文ですが、読者にわかりやすいようにカタカナはひらがなにあらため、適宜漢字に送り仮名を付すなどしました。

古き侍の末多き故に連歌などしてくらしけるが、ある時手前へ人数呼び集むるとて、そのもてなしを内儀へ申し付けれども、自分の食もきれければ、いかゞせんと思ひけれども、事急になりぬれば、内方の髪を切りて銀二十目に売り、その日の支度を思ひのまゝにせられたりと也。是とはしらず、十兵衛、内方の髪のなきを見付けいかりて云ふ、

「かゝるていになる故、見捨つべきとの支度ならん」

と、したゝかに悪口しければ、下女出で、かやうかやうと申しわくる。その時、十兵衛、

「感情の余りにかゝる心入るとは、ゆめにも知らず過言せしなり。ゆるし給へ。この褒美に、我、天下を取りたりとも、また女持つべからず」

と誓言せられしとなり。牢人の時より天下の望み有るとみへたり。

とあります。江戸時代、妻は夫に従うべきものであって、右の「褒美」（ほめて何かを与える）にも、立場が上の者が下の者に与えるといった印象を受けます。

芭蕉は後で述べますように先の俳文を改稿し、「その妻、男の心にひとしく、もののごとにまめやか」としています。村松友次氏は

又玄の若い妻が、夫の心に何一つさからうことなく、ひとつ心になって万事につけてこまごまと親切にしてくれたので

と訳しています（新編日本古典文学全集『松尾芭蕉集②』）。

照子の行為が「儒教的に理想の行動」だからすばらしいのではなく、夫を思っているからこそできた行為をすばらしいものとし、それに光秀がこたえた、と解釈したほうが、夫婦愛に重点が置かれてよいと思われます。そうでないと、芭蕉の句にある「明知が妻のはなし」も、歌舞伎などによくみられる、夫や家のために苦界に身を落とす妻といったことを連想させ、「妻というのはこのようにあるべきだ」といった説教になりかねません。

【「月さびよ」の句】

最後にある「又玄子妻にまいらす」とは、伊勢山田にいた島崎又玄（ゆうげん）の妻に、この俳文を贈ったということです。このころ又玄は仲間に御師（おし）の地位を

奪われ、貧乏していました。その妻を慰めるといった意をこめてなされた俳文です。むろん妻が夫にこの俳文を見せることを想定して作られていましょう。又玄をも慰める、といった意も込めていたと思われます。

「月さびよ」の句は、月にむかって、明智光秀の妻の話を語るのだからそれにふさわしい状態になれといっています。その状態はいかなるものかといえば「さび」であります。

芭蕉が、又玄の家を訪れたのは元禄二年（一六八九）九月十二日のこととされます。「後の月見」といわれるが、陰暦九月十三日の月は、前月の十五日の月と並び賞されます。実態として明るく照らす月があり、そのあざやかな対比として、心象としての「月さび」です。「月さびよ」は閑寂の趣がでるように照らせといっているのでしょう。とすれば、儒教的な話をするよりは、夫婦の愛情に重きを置いたしみじみとする話のほうがよいと思われます。

【芭蕉の俳文（改稿）】

初稿は懐紙にとどまりますが、その改稿されたものは『一葉集』など刊行された書物に載り流布し、一般にはこちらが知られます。富山奏氏は「後日になって追懐した説明文」とします。改稿は以下のようにあります。

伊勢の国又玄が宅へとゞめられ侍る比、その妻、男の心にひとしく、もの毎にまめやかに見えければ、旅の心をやすくし侍りぬ。彼日向守の妻、髪を切て席をまうけられし心ばせ、今更申出て

月さびよ明智が妻の咄しせん　風羅坊

初稿で前文が光秀の妻の物語にとどまったのは、又玄の妻に直接わたすためであり、説明的である必要はありません。しかし、改稿して又玄の妻以外に示すものとなると、句ができた背景を説明する必要があるので、又玄の家に泊まったこと、その妻が親切にいろいろとしてくれるので、心がやすらいだことを記し、それは明智光秀の妻が貧乏にもかかわらず、夫が連歌の席を設ける費用を、自らの髪を切って売って捻出した

物語を思い起こさせたので、その話を妻にしたと、物語の筋を短いながらはっきりとさせています。初稿では、又玄の妻にわかるように「将軍明知」と具体的にしていましたが、改稿では「日向守」と、当時の人たちのよく用いるいいまわしにしています。妻が髪の毛を切って売ったことがポイントなので、後でもあげますが、明智の妻の話は、連歌会ではなく、来客へのもてなし、酒席とするものもありますように、必ずしも連歌である必然はなく、印象が引きずられないように芭蕉もあえて「連歌会」と限定せず、「席」に改めたと考えられます。

【『絵本太閤記』】

芭蕉が活動した時代からかなり下りますが、『絵本太閤記』が刊行されます。その「三篇巻之八」に「照子断髪沽酒（かみをきりてさけをかふ）」という話がおさめられています。意訳して以下にあげますと

光秀が美濃を出てから、国々を巡り、越前の長崎というところに縁故があって、

しばらくここに住んでいた。妻の名は照子といった。ある夜、光秀を訪ねてきた客があった。光秀は何とかもてなしをしたいと思ったが、朝夕の食事にも欠く浪々の貧しい身なので、どうしょうもなかった。ひそかに妻に相談すると、妻は心安く承諾して出て行き、まもなく酒肴を調達して帰ってきて、こころよく客をもてなし、光秀をほっとさせた。客が帰ってから光秀が
「どのようにして酒肴を調達してきたのか。ほんの少しのたくわえもないのに」
と妻にたずねると、妻は
「私自身も蓄えがあるわけではないので、髪を切って髢として売り、その代金で調達しました」
と答え、頭にかぶっていた帽子をとると、たいへん黒く麗しかった髪がすっかり切ってあった。光秀はたいそう涙を流し
「あなたの恩は母の恩にも勝る。今、私は零落して、一人の妻にさへこのような憂き目を見せて悲しくてたまらない。このままでは最後には飢え死にするだろう。一緒にいてこのような状態でいるのは口惜しくてたまらないので、自分はしばら

くここを去って、どのような国主等でも仕官して、立身出世して栄耀をなす。そしてあなたの今の恩に必ず報いる。あなたはこのままここにいて紡績の仕事をして、二三年ほど、この粗末な家で私の音信をお待ちなさい。迎えの人を寄こします。決して気弱になられるな」

といって、涙ながらに出ていき、朝倉に仕え、後に信長に仕官して丹波近江の国主となった。こういうことで糟糠の妻を堂から降ろさないといって、いとおしんだ。

『絵本太閤記』は後世のものですが、右の話をふまえて芭蕉の改稿の俳文を読むと、又玄を光秀、妻を照子、客を芭蕉自身にたとえ、妻への感謝の気持ちと、又玄への励ましがよく伝わります。

【狂句・明智の妻】

『日本史伝川柳狂句』には、〈連歌会の費用〉ではなく、〈客をもてなす酒を買う費用〉を詠じている、江戸後期の次の三句があげられています。

1 汲み分けて我が黒髪を酒にかへ
2 赤き心に黒髪を酒にかへ
3 酒買うた尻に賢女は髪を切り

1「汲み分け」は「事情を察する」意であるとともに、酒と縁語です。

2「赤き心」(赤心)は「まごころ」の意で、「赤」と「黒」が対になっています。

3「尻」は「決算」の意で、夏目漱石『それから』にも「学校を出た時少々芸者買をし過ぎて、其尻を兄になすり付けた覚はある」とあります。今は聞き慣れぬ言葉ですが、帳尻(帳簿の最後に記す決算)なら使うのではないでしょうか。「尻」と「髪」は縁語です。


狂句を嗜む人たちには、「夫のために髪を切り売りし、酒を買う」という話が「光秀の妻の話」としてわかりました。何をもってこの話を知ったかと考えたとき、『絵本太閣記』やその講釈などであると思われますが、芭蕉の俳文の改稿されたものは『俳諧勧進牒』（元禄四年跋）、『芭蕉庵小文庫』（元禄九年刊）、『蕉翁句集』（宝永六年成）、『俳諧一葉集』（文政十年刊）の四点の刊行物に収録されていますことからして、芭蕉の俳文を詠んで知識とした人が少なからずいたのではないかと思っています。俳諧を嗜んだ人たちはかなりおりました。

おわりに

インターネットの普及によって起こった変化をみていて、どこかでみたような、という思いを持ちました。まもなくそれは江戸時代の短詩文芸の現象だと自分勝手に納得し、すっきりしたことがあります。

本書でも取り上げました「連歌」は、例外もありますが、同じ日時に、同じ場所に集まって成立する文芸です。その最初の句「発句」が独立して、今日の俳句になっていきます。その間、「出版」の普及という大きな変化がありました。それまで、リアルな場が実作の中心だったものが、「出版」の普及によって「投稿」が多くなったのです。投稿作者は、同じ日時に、同じ場所に集まる必要はありません。

投稿作品は、選者による評価を得ることによって出版物に載り、多くの人の目に触れ、それが仲間内の称賛になったり、賞品という実益になったりしました。「いいね」

と思われた句は模倣され、多くの類句が詠まれました。

季語を詠み込む俳句が季節感を形成するとしたら、季語を詠み込まない狂句は何を形成したのでしょうか。その一つは人に対する固定概念だと思います。本書でとりあげた明智光秀も、史実として確かなところは決して多くなく、それは江戸時代も同様だったと思います。没後何年もたって著された創作物をもとにして、このような人であるというイメージが形成され、「時は今」「三日」「ネズミ」「桔梗」「藪」といった言葉が寄り合いとなり、光秀のことをさしたりしました。つぶやいたものが狂句の大半ですが、出版物に載ることによって、そのイメージ等が固定化していきます。史実でない情報をもとに、おもしろい情報に変換し発信し、それがひろまっていきました。

今でも憶測をもとに書かれたゴシップ記事を信じる人がいるようですが、かつて歴史上の人物の人生等を描いたテレビドラマや映画をみて、それを史実と信じていた方に何人もお会いしました。光秀についても、史実と虚構・伝説を区別して語られる方も、そうでない方もいらっしゃるようです。

詠史という文芸は「歴史」を利用する文化装置のような一面があります。詠史を学ぶことは、「歴史」リテラシーを育成することにつながります。今の国際情勢をみていますと、存外この能力は役立つのではないかと思っております。
末尾ながら、勝山敏一氏のご厚情なくては本書が世に出ることはありませんでした。勝山氏には厚く御礼申し上げます。

綿抜豊昭

令しき風かおりそむ和やかなる皐月に

「教訓親の目鑑識 理口者」（図１）

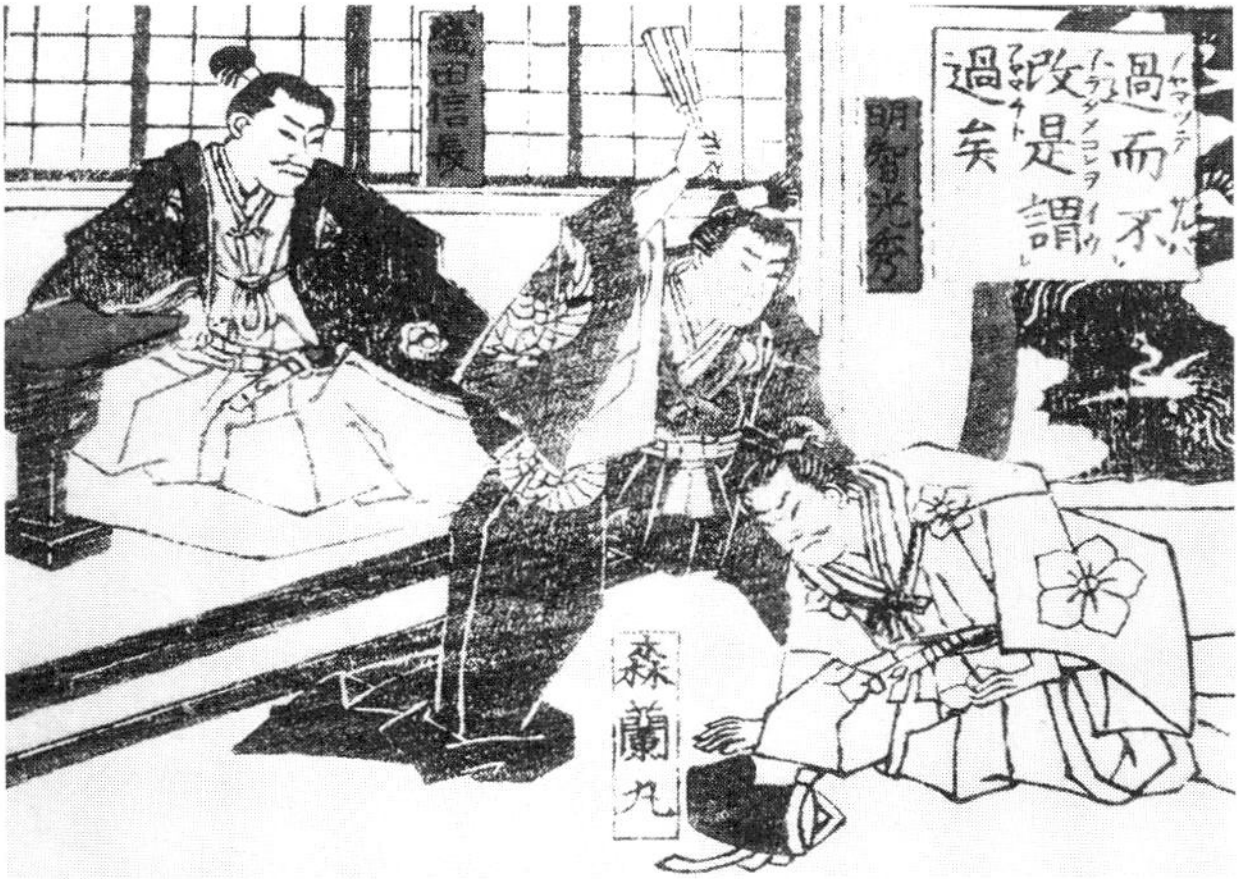

『修身教訓画』（図２）

本能寺の蘭丸（図３）

愛宕山の土器投げ（図４）

天王山の戦い（図５）

かもじ売り（図６）

参考文献

本書で出典を明記した文献のほかに以下の資料等を用いました。

有朋堂文庫『絵本太閤記』有朋堂書店、一九二七年。
新潮日本古典集成『連歌集』新潮社、一九七九年。
新潮日本古典集成『芭蕉文集』新潮社、一九七八年。
日本随筆大成別巻『一話一言2』吉川弘文館、一九七八年。
新編日本古典文学全集『松尾芭蕉集②』小学館、一九九七年。
『定本常山紀談』新人物往来社、一九七九年。
日本古典文学全集『狂言集』小学館、一九七二年。
日本古典文学大系『江戸笑話集』岩波書店、一九六六年。
山本成之助『川柳和漢人物史』牧野出版社、一九七四年。
石川一郎増訂・西原雨柳編『川柳参尾誌　一名川柳戦国史』春陽堂書店、一九八二年。

室山源三郎『図説 古川柳に見る京・近江』三樹書房、一九九六年。

また、歴史資料に関しては、藤田達生『証言本能寺の変　史料で読む戦国史』（二〇一〇年、八木書店）、藤田達生・福島克彦編『明智光秀　史料で読む戦国史』（二〇一五年、八木書店）が充実しており、後者には充実した「参考文献」があげられています。本書をなすにあたり参考にさせていただきました。

著者略歴

綿抜豊昭（わたぬき とよあき）

筑波大学図書館情報メディア系教授。

『越中・能登・加賀の原風景 ―『俳諧白嶺集』を読む―』（二〇一九年、桂新書）

『芭蕉二百回忌の諸相』（共編。二〇一八年、桂書房）

『戦国武将と連歌師』（二〇一四年、平凡社新書）

『連歌とは何か』（二〇〇六年、講談社）他。

桂新書16

明智光秀の近世

―狂句作者は光秀をどう詠んだか―

定価 八〇〇円＋税

二〇一九年九月三〇日 第一刷発行

著者© 綿抜豊昭

出版者 勝山敏一

印刷 モリモト印刷株式会社

発行所 桂書房

〒九三〇-〇一〇三

富山市北代三六八三-一一

TEL（〇七六）四三四-四六〇〇

FAX（〇七六）四三四-四六一七

地方・小出版流通センター扱い
